羽田遼亮
Ryosuke Hata
ill. えいひ
最強不敗の神剣使い2
The Invincible Undefeated Divine Sword Master
剣爛武闘祭編

親愛なる妹の朝
「箱入り令嬢はそろそろ卒業です……！」

エレン・フォン・エスターク
リヒトの腹違いの妹。リヒトに兄妹以上の愛情を爆発させ、王立学院まで追ってきた。勉学や剣の腕は随一だが、身の回りのことをこなすのは苦手

「……流石は神剣、一筋縄ではいかないか」
リヒト・アイスヒルク
神剣に選ばれし“天賦の才”を持つ少年。圧倒的な剣技と才覚に加え、新たに得た神剣たちとともに、猛者たちが覇を競う武闘祭で究極の進化を遂げる

“矜持”を懸けた決闘
「これが我が家伝来の神剣の力――！」
システィーナ・バルムンク
宿敵・バルムンクの娘にして、特待生十傑に名を連ねる剣姫。父に認められるため、リヒトの所有する“あるもの”を求めて決闘を挑んできた

「リヒト様は負けません――!」
アリアローゼ・フォン・ラトクルス
リヒトが忠誠を誓う、ラトクルス王国の王女。リヒトに絶大な信頼と、淡い恋心を抱いており、リヒトのさらなる覚醒のため大胆な行動をとる

「巨人の心臓を穿つ一撃《ジャイアント・キリング》——改」
究極の覚醒——!

最強不敗の神剣使い

The Invincible Undefeated Divine Sword Master

2

剣爛武闘祭編

CONTENTS

最強不敗の神剣使い２
剣爛武闘祭編

羽田遼亮

ファンタジア文庫
3104

口絵・本文イラスト　えいひ

最強不敗の神剣使い 2

The Invincible Undefeated Divine Sword Master

剣爛

最強不敗の神剣使い

The Invincible
Undefeated Divine
Sword Master

2

武闘祭編

羽田遼亮
Ryosuke Hata

ill. えいひ

第一章

暗殺遊戯

†

俺の名はリヒト・アイスヒルク。

ほんの一ヶ月前まではリヒト・エスタークを名乗っていたが、今はアイスヒルクの姓を名乗っている。

母親が再婚をしたわけではない。俺の母親はすでに故人で再婚することはできない。それではなぜ、エスタークの名を捨てたのかといえばそれは銀色の髪を持つ少女のせいであった。

件《くだん》の少女、アリアローゼ・フォン・ラトクルスを見つめる。今宵《こよい》、夜会に出席する彼女はお姫様のように着飾っていた。——否《いな》、事実、彼女はお姫様なのだが。

そう、俺にアイスヒルクという詩的な姓を与えたのは彼女だった。ラトクルス王国第三王女、リレクシア人の王にしてドルア人の可汗《ハン》の娘、この国の国姓を持つ少女が俺にアイスヒルクの名と使命を与えてくれた。

名門エスターク家でくすぶっていた俺に、生きる目標のなかった俺に目的を与えてくれたのだ。

貧民街で炊き出しをする王女の姿が脳裏に浮かぶ。俺に剣を向け、騎士叙任をしたときのことを思い出す。

アリアという少女はたぐいまれな美しさだけでなく、この世界を変えるという信念の持ち主だった。彼女はその清廉にして力強い意志によって世界を変えようとしていたのだ。

この世界に平和と安寧をもたらすこと。

この世界から貧困を撲滅すること。

この世界に自由と秩序をもたらすこと。

一七に満たない少女がそのような大志を抱き、実際に行動によってそれらを実現しようとしていたのだ。

それはエスタークという古き家の因習に囚《とら》われていた俺に衝撃をもたらした。もしかして自分はこの人を護《まも》るために生まれたのかもしれない。この人の力になるために特別な〝才能〟を神から与えられたのかもしれない。

そのように思った俺は実家から拝借してきた神剣を彼女に捧《ささ》げた。血肉どころか魂まで捨てる覚悟を固めた。

俺の人生はアリアローゼという名の少女を護るためにあると悟ったのだ。以来、俺は陰日向《かげひなた》なく彼女を護ってきた。生命《いのち》を賭《と》して彼女を護衛してきたのだ。先日もバルムンク侯爵という彼女の宿敵と対峙《たいじ》することになったのだが、そのときも聖剣ティルフィングと魔剣グラムの力を引き出すことによって返り討ちにすることができた。

過去を想起していると、アリアのメイドであるマリーという名の少女が話し掛けてくる。

「ちょっと、リヒト、なにぼけーっと突っ立ってるのよ」

紅毛のメイドさんは俺を指さしながら非難の声を上げる。なにもしていないのが気に入らないようだ。

「たしかに俺はなにもしていないが、護衛とはそんなものだろう」

正論を返すと、彼女は己の腰に手を添え、溜《た》め息《いき》を漏らす。

「マリーが言いたいのはそういうことじゃないっしょ」

「手伝う姿勢が大事ということか？」

「まさか。たしかに猫の手も借りたいほど忙しいけど、ならばほんとに猫の手を借りるわよ」

「その心は？」

「少なくとも猫は足を引っ張らない」

「たしかに」

「あのね、マリーはあんたにお姫様の世話を任すなんて酔狂なことは求めない。お化粧はおろか、ドレスの着付けも分からないでしょう」

「その通り」

「マリーが求めているのはお姫様の心のケア」

「というと？」

「女が綺麗《きれい》に着飾っていたらなんて言えばいいと思う？」

そのドレス、いくらした？　――ではないことだけはたしかだろう。たしかに俺は朴念仁に分類されるタイプであるが、野人ではない。貴族の城で育ち、それなりの教育も受けてきた。それに俺には年頃の妹もいるのだ。女性の扱い方にはそれなりに慣れていた。というわけでマリーの勧めに従って王女様の艶姿《あですがた》を褒めることにする。

夜会に向けたドレスアップを終えた王女のもとへ向かうと、彼女の姿を見つめる。

銀色の糸で紡《つむ》ぎ上《あ》げたかのような美しい髪、古代の彫刻家が魂を込めて彫り上げたかのような整った肢体。全身から生命力と気高さが滲《にじ》み出《で》ている。

――美人の一言では言い表すことのできない存在、それがアリアローゼであったが、語彙が貧弱な俺はこのように評すことしかできない。

「――とても綺麗だよ、アリア」

と。

その言葉を聞いたアリアは百合《ゆり》の花が開いたかのような笑顔を向けてくれた。

「ありがとうございます、わたくしの騎士様《ナイト》」

その笑顔は同質量の黄金より価値があった。


その後、俺はお姫様を夜会に送り届ける。ロナーク男爵に招かれてのものであったが、実はアリアは夜会の類いが好きではないようだ。美しく着飾った貴族たちと話をするよりも市井《しせい》の民と交わることを好むのが我がアリアローゼ姫だった。

しかし、それでも参加するのは、政治は根回しが大事だからだ。このような夜会でコネクションを構築し、有益な人材の信を得なければ国は改革できないのだ。姫様は理想家ではあるが、夢想家ではない。地に足を付けた改革を望んでいた。なので俺は夜会の会場端に陣取ると、彼女が貴族連中と談笑するのを眺めていた。

しばらくは真面目に姫様を観察していたのだが、途中で姫様以外の者や物も観察するようになる。ここは貴族の夜会。不審者が侵入する可能性は限りなく低い。また姫様の親派が多数派だったので暗殺の危険性も少ないだろう。それに彼女の横には常に紅毛のメイドさんが寄り添っていた。

紅毛のメイド、マリーは可憐《かれん》なメイドに見えて固有の武力を持つ。なんと彼女は忍者でラトクルス流忍術の使い手なのだ。東方の蓬莱《ほうらい》という島国から伝わった不思議な術を使いこなすメイドさん、それが彼女の真の姿だった。

「まあ、マリーが横にいるならば問題はなかろう」

そうつぶやいた俺は意識を完全にパーティー会場に移す。

「民の血税はこういうところに使われているのだな」

豪華なパーティー会場を見た俺は、ありふれた感想を口にする。

姫様は華美な夜会が嫌いだというが、それは俺も同じ。エスターク城にいた頃は定期的に参加させられていた。妾腹《しょうふく》の俺であるが、一応、エスタークは名乗らされていたので、客人を持てなさなければならなかったのだ。夜会に出席するたびに義母や義兄たちに虐《いじ》めの洗礼を受けてきたことを思い出す。

「最悪の思い出だが、悪いことばかりでもなかったな」

意地悪な義母、性悪の兄たちの顔は忘れられないが、それ以上に鮮烈な思い出もある。エスタークの夜会には必ず参加していた美姫《びき》の姿を思い出す。

黒曜石を溶かして紡ぎ上げたかのような黒髪、人形のような美しい顔立ち。一族の中でも唯一、俺の味方だった少女を思い出す。

「エレン・フォン・エスターク」

俺のたったひとりの妹。腹違いの肉親。

一族で唯一、俺を庇《かば》ってくれた少女。唯一、俺を愛してくれた少女。

「リヒト兄上様、知っていますか？　うふふ、知らないんだろうなあ。私、兄上様が大大大好きなんですよ」

微笑《ほほえ》みながらそのような言葉をくれる少女。向日葵《ひまわり》のような笑顔を俺に向けてくれる可憐な少女。母を亡《な》くし、孤立していた俺に温《ぬく》もりを与えてくれたのが妹のエレンだった。

ただひとり、愛してくれたのが彼女だった。

「もしもエレンがいなければ俺は今頃――」

野盗かなにかに落ちぶれていたかもしれない。あの空虚で冷たい城で唯一の希望が彼女だった。ゆえに家出もせずにずっと留《とど》まっていたのだ。もしもエレンがいなければ幼少期に家を飛び出し、野盗になって人を殺すか、野盗に殺される人生を歩んでいただろう。

だから時折、思う。もしかして今の自分はすべて夢幻なのではないか、と。

今、俺がこうして温かい場所にいるのも、夢のように華やかな夜会にいるのも、すべては幻想なのではないか、と。

本当の俺は今、この世界のどこかで野垂れ死にしようとしている野盗で、死の間際《まぎわ》に見る幻想でこのような光景を見ているのでは、そう思ってしまうことがあるのだ。今、目の前に広がる光景は哀れな人生を歩んできた俺に、神が慈悲で見せてくれた光景なのでは、そのように思ってしまうのである。

現実と夢の境界線が曖昧になったためだろうか、俺は夢を見てしまう。会場の奥から黒い髪の少女が現れたのだ。

その少女は子供の頃から見慣れた少女だった。俺を救ってくれた少女、俺がこの世で最も大切にしたいと思っている少女。今、一番逢《あ》いたいと思っている少女だった。

——無論、幻影であるが。

ただその幻影は妙にリアリティが有り、動きが機敏だった。美しいドレスを纏《まと》っているというのに駆けるような速度でまっすぐにこちらに向かってくる。満面の笑みと喜びを湛《たた》えて俺の胸に飛び込む。

「リヒト兄上様！」

弾むような声で俺に抱きついてくる。少し重たい。

「最近の幻は質量を持つのかな？」

思わずそのようにつぶやいてしまうが、先日、妹が俺を追って王立学院に転入してきたことを思い出す。

その時も、このように抱きつかれたのだ。

「——そういえば我が妹君もエスタークを飛び出してきたのだった」

妹と王女様が初めて会ったときのことを回想する。

妹がこの学院にやってきたとき、一波乱あった。いや、彼女が一波乱起こしたというべきか。押しかけ女房《にょうぼう》のような形で王立学院に転入してきたエレンであるが、彼女は殊勝さや遠慮とは無縁だった。側《そば》で目をぱちくりとさせているアリアを摑《つか》まえるとこのように言い放った。

「あなたがリヒト兄上様を籠絡《ろうらく》したという王女様ですね」

「籠絡とは失礼ね」

とはメイドのマリーの言葉だが、アリアローゼは「いいのです」と一歩前に出るとたおやかに微笑みながら、

「初めましてエレンさん、よろしくお願いいたします。わたくしはこの国の第三王女、アリアローゼと申します。どうかアリアと呼んでください」

にこりと手を差し出すが、妹がその手を握ることはない。

それどころか王女の御手《みて》をはね除《の》け、舌戦に突入する。――詳細は割愛するが、一国の王女にしてはいけない態度を取り続けたのは言うまでもないだろう。

さて、そのような最悪の出逢《であ》いをしたエレンとアリアであるが、それ以降、角を突き合わせることはなかった。妹は入学試験や手続きで忙しかったのだろう。むしろ、俺とも会う機会はほぼなかった。静かすぎてこっちに来ているのを忘れた、といえば臍《へそ》を曲げるので口にはしない。

ただ、兄として常識論は言うが。人目も憚《はばか》らず抱きついてくる妹に距離を取るようにうながす。

「エスターク家の御令嬢がはしたないぞ」

学院の敷地《しきち》内で子供のような真似《まね》をするのは控えてほしい、と諭す。

「なにをおっしゃるのです。私と兄上様は兄妹《きょうだい》ではありませんか」

「普通、兄妹は人前で抱き合うことはない」

「人前でなければよろしいのですか？」

「よくないよ」

そのように否定するとエレンは頬袋に詰めものをしたかのように不平を漏らす。

「リヒト兄上様の意地悪。私がこうしてやってきたというのに」

「それなんだが、よくここまでやってこられたな」

「入学試験のことですか？　それならば満点で合格しましたよ。特待生《エルダー》でしたっけ？　満場一致でそれに選出されました」

「いや、そっちのほうは疑っていない」

エレンの実力は誰よりも俺が知っていた。彼女は英才の宝庫と謳《うた》われたエスターク家の中でも白眉《はくび》と称されるほどの実力を秘めている。その実力は、兄たちは言うに及ばす、女性の中では歴代最強と言ってもいいほどの才能を秘めているのだ。特に剣術に秀《ひい》でており、魔法を使わない勝負ならば一〇本やれば一回はいい一撃を貰《もら》ってしまう。だから彼女が特待生《エルダー》になってもなんら不思議ではなかった。

「俺が不思議に思っているのはエスターク城の連中がよく許可をしたな、という意味だ」

父親も義母も義兄たちもエレンのことを深く愛していた。末娘ということもあり、猫可《ねこか》愛《わい》がりしていたのだ。

「ああ、そちらですか、ええと、そちらのほうはあれです。いつもの我儘《わがまま》おねだりモードで切り抜けました」

心なしかエレンの目が泳いでいるような気がする。

「もしかして父上に内緒でここまでやってきたのか」

「まさか、家長の許可なく王立学院に入学できるわけがありません」

「まあ、たしかにそうだが」

「……父上のサインを偽造したなんてとても言えない……」

「なにか言ったか？」

「いえ、なにも。相変わらず兄上様の御髪《おぐし》は素敵ですね、と言ったのです」

エレンは俺の髪を撫《な》でる。

「寝癖を付けていると王女の護衛失格だからな」

「さすがは兄上様です」

エスターク家の誉れですわ、と続けるが、嫉妬も忘れない。

「リヒト兄上様、兄上様とあろうものがなぜ護衛などなさるのです」

「王女の護衛は誉れじゃないのか？」

「もちろん、名誉ある仕事ですが、兄上様ならばもっとよい仕事があるはずです」

「たとえば？」

「たとえばですが、エスターク家の当主とか」

「それは兄上たちに任せるよ」

「ならば近衛《このえ》騎士団の団長とか」

「それは俺には荷が重すぎる」

「そのようなことはないと思いますが」

「ちょうどいい、と言ったら失礼に当たるかも知れないが、俺には領地や国は重すぎる。俺のひ弱な腕では女の子ひとりくらいしか支えられないのさ」

「ならばその女の子を私に」

「それは検討しておく」

言下に断るような愚かなことはしなかったので、妹は納得するが、疑問を引っ込めたわけではなかった。

「王女の護衛の件はひとまず納得しますが、兄上様の階級の件は納得できないのですが」

「階級？」

「はい。この学院は特待生《エルダー》、一般生《エコノミー》、下等生《レッサー》という階級に分かれていると聞きます」

「そういえばエレンは特待生《エルダー》になったんだったな。おめでとう」

「おめでたくありません、兄上様が特待生《エルダー》だと思ったから頑張って満点を取ったのに」

「まさか最下級の下等生《レッサー》になってるとは夢にも思わなかったか」

「なぜ、手を抜いたのです」

「本気でやってこれなんだが」

己の下等生《レッサー》の制服に視線をやる。そこにはその証《あかし》があった。

「まさか。私が何年、兄上様の妹をやっていると思っているのです」

「生まれたときからだからかれこれ一四年くらいか」

「それと六ヶ月です」

「相変わらず細かいな」

「私は物心ついたときから兄上様を見つめていました。兄上様は魔法の力を隠して育ってきましたが、その内には莫大《ばくだい》な魔力があります」

「過大評価だな」

「魔術の知識は智《ち》の賢者よりも勝ります」

「しょせんペーパーテストだ」

「剣術の腕前は聖騎士を上回る」

「剣士科ならば評価されるんだがね」

「幸か不幸か、兄上様は魔法剣士科」

「そういうこと」

「しかし、私の知る限り、兄上様は魔法剣士としても魔術師としても最強の存在です。特待生《エルダー》ですら足下にも及ばない実力を持っているのに」

「世の中、広いものさ。案外、特待生《エルダー》の中に最強の逸材が紛れているかも」

「それはありません。先日、特待生十傑《エルダー》を何人か見てきましたが、皆、兄上様に遠く及ばない人材のように見えました」

「エレンの色眼鏡越しだからなあ」

俺も特待生《エルダー》は何人か見てきたが、さすが王立学院の試験で上位の成績を収めたやつらだけはあって皆、才能があった。生まれ持った魔力の量が常人とは違うし、幼き頃から鍛練を積んでいる。さらに俺のように〝神剣〟と呼ばれている聖剣や魔剣を持っているものまでいる。

腰に下げている己の聖剣と魔剣を見つめる。白い聖剣はティルフィングと呼ばれている聖なる剣、神話より伝わる魔法の剣で、「錆《さ》びも刃こぼれもせず」「石や鉄を布のように裂き」「狙った獲物は逃さない」といった能力を持っている。

一方、黒い剣は魔剣グラムと呼ばれている。先日、悪魔化した一般生《エコノミー》のヴォルグから奪取した剣だ。魔剣グラムの能力は「英雄の動きを真似する」「毒竜に対する特効」であるが、ティルフィングと同等以上の力を持っているのは明白であった。

俺が見てきた限り、この二本を上回る剣はそうそう存在しないはずであるが、世の中、上には上があるのも事実。例えば王家が所有するという伝説の剣エクスカリバーは、湖の乙女が鍛えたとされる伝説の神剣。あらゆるものを穿《うが》ち、斬り裂く宝剣であり、その鞘《さや》には不死の魔力が込められているという。

病弱なものを多く排出するラトクルス王国の国王が長年、この国に君臨していられるのは、最強の神剣エクスカリバーのおかげと言っても差し支《つか》えがなかった。

特待生《エルダー》の中にはそのような伝説クラスの神剣を持っているものもいるかもしれない。さすればティルフィングとグラムを所有している俺ですら後れを取る可能性は充分あった。

「ま、後れを取ろうが、負けようがどうでもいいのだけど」

俺の使命はお姫様の命を護《まも》ること。特待生《エルダー》どもを倒すことでも、特待生《エルダー》十傑にマウントを取ることでもない。無論、彼らがお姫様に襲い掛かってくれば話は別だが、そうでなければ敵対する理由はなかった。

「そもそもこの王立学院の出資者は王家。王女様と敵対する理由はないしな」

無論、中にはヴォルグのような生徒もいる。お姫様と敵対する勢力の走狗《そうく》となって襲いかかってくるような愚かものもいる。だが、もしもそのようなやつが現れても、また排除するだけだった。そのものがどのような〝力〟を持っていようが、こちらとしてはお姫様を護るという選択肢しかないのだ。

「つまり深く考えても無駄ってことだな」

ひとり小声でつぶやく。

そもそも護衛というものは選択肢が少ない。護衛は能動的に攻める仕事ではないのだ。常に後の先を取るのが護衛の仕事だった。対症療法的な仕事であるともいえる。俺は思考を放棄するとエレンに視線を移した。

「俺が下等生《レッサー》になったのはみずから望んでのこと。エスタークでも無能として扱われていたしな」

「……兄上様」

「無能扱いは慣れているんだ。むしろ、特待生《エルダー》になってちやほやされるほうが性に合わない。それは分かるよな？」

「はい。兄上様は目立つのがお嫌いですから」

「分かっているじゃないか。俺としては麗しの妹君と一緒に学院に通えるだけで幸せだよ」

「兄上様……」

少しだけだがエレンの表情が明るくなる。

「私は特待生《エルダー》の寮に入れられてしまいましたが、毎朝、一緒に登校してもいいですか？」

「もちろんだとも。俺も毎朝、アリアの寮に行くしな。三人で登校しよう」

「嬉《うれ》しいです。夢だったのです。毎朝、兄上様と一緒に手を繋《つな》いで散歩をすることが……

三人というのが引っかかりますが」

「機嫌が直ってよかった。さて、妹様にもっとご機嫌麗しゅうなってもらうための秘策があるのだけど、聞いてくれるか？」

「なんですか？」

「実は王立学院にはお洒落《しゃれ》なカフェテラスがあるんだ」

「まあ」

「そこでエレンが好きそうなパンケーキの店を見つけた。ベリーがたっぷり添えられて、生クリームがたっぷり掛けられているんだ」

「素敵です」

エレンは破顔するとそこに行きたいと所望した。

「もちろんさ、王女様から過分な給料も貰っているし、ご馳走《ちそう》しよう」

そのように言うと、

「護衛も悪いものではないかもしれませんね」

と笑った。現金というよりは自分を納得させるための妥協の言葉なのかもしれない。そのように我が妹の心情を付度《そんたく》すると、お洒落なカフェテラスに出向いた。エレンの顔よりも大きなパンケーキを二枚、注文する。

ふわっふわのパンケーキにはたっぷりと生クリームが掛けられており、これでもかとベリーのジャムが添えられていた。俺は甘党ではないが、妹と食べる甘味はとても甘酸《あまず》っぱかった。

†

アリアローゼ・フォン・ラトクルスはこの国を改革しようとしていた。

富の不均一、法の不平等、いわれなき差別、それらを是正し、この国に住まうものすべてに幸福をもたらすのが使命だと思っていたのだ。

そのためには女王、あるいはそれに近しい存在になるのが手っ取り早いと思っていた。アリアローゼには兄や姉が何人かいるが、彼ら彼女らを差し置いて王位に就けないか、日々模索していた。

第三王女、それも妾腹《しょうふく》の娘が女王など有り得ない。

宮廷の保守的な勢力は口をそろえて言うが、宮廷にはそのような輩《やから》だけでなく、この国を改革しようとする人々もいた。俗に〝改革派〟と呼ばれている人々である。彼らは少数であるが、それぞれ大志を抱いており、有象無象の保守派よりも遥《はる》かに有能だった。アリアローゼは彼らの信を得るため、日々、夜会や根回しに精を出していた。

今日もロナーク男爵の家に赴き、人脈を構築していたのだが、話が国家百年の計に及ぶとつい長居をしてしまった。日付が変わるほど熱心に議論を交わすとそのまま宿泊することになった。

その話を聞いたとき、俺は片方の眉をつり上げる。

「予定にないが」

アリアローゼの忠実なメイドに尋ねる。

「妹ちゃんが来てないことが？」

先の夜会で妹がいちゃついてきたことを茶化しているのだろう。性格の悪いメイドだ、本当にアリアのメイドなのだろうか。

ジト目で見つめるが、気にしても仕方ないので話を続ける。

「まさか。妹がいれば護衛どころじゃない。あいつは先に帰した。俺が聞きたいのは宿泊の予定はなかった、ということだ」

「そりゃ、予定にないっしょ。予定に入れてないのだから」

「彼女の警備を統括するものとしては困るのだが」

「まあでもこんな夜更《よふ》けに馬車で帰るよりはいいんじゃない？」

「まあ、そうだが」

本当はもっと早く話を切り上げてほしかった、と言っても始まらないだろう。

「この屋敷《やしき》の主《あるじ》は信用できる。国を思う気持ちがなければあのような議論は交わせないだろう」

「でしょ。食事に毒を出される心配も、寝込みを襲われる心配もない」

「しかし、男爵だけあって屋敷は手狭だな」

「あんた、人様の家によくもまあ」

「警備的な観点から言っているんだ。あまり護衛もいないようだし」

「そりゃ、そうだけど」

「緊張感も足りないようだ」

窓から外を眺めると、門番があくびをしていた。中にはボトルに入れた蒸留酒を飲んでいるものもいた。

「戦力には換算できそうにない」

「そっか、じゃあ、マリーたちが頑張って警護しないとね」

「そういうことだ」

話がまとまった俺たちは協力して姫様を警護することにする。マリーは彼女の部屋で眠り、その間、彼女の部屋の前で俺が寝ずの番をするという寸法だ。

「てゆか、あんた、寝ないの？」

「寝ない。安心しろ、授業中にたっぷりと寝るから」

「ならいいけど」

本当はよくはないが、学業よりも護衛のほうが遥かに大切だった。俺は廊下に背を預けると、片目をつむった。

「出た！　必殺、リヒトのヤバイ特技」

「うるさい」

ヤバイ特技とは右脳と左脳を交互に休める特技である。右脳を休めるときは左目を、左脳を休めるときは右目をつむるのだ。脳を交互に寝かすことにより疲労回復を図る技である。無論、熟睡には遠く及ばないが、それでも脳を休める効果はあった。この特技を駆使すれば三日間は寝なくても済むほどである。

俺はマリーにヤバイと言われても、通りがかった男爵家の使用人に気味悪がられても気にせず護衛を続けた。すると深夜、俺の想像通りの展開となる。

男爵の家はさほど大きくない。さらに王都郊外にある。つまり強襲をしても周囲に気がつかれにくい。王都の護民官に助けを求めても数時間の時差《ラグ》が発生してしまうのだ。その時差を利用すれば、人ならぬもの、〝魔物〟を使役することも可能だった。

深夜、丑三《うしみ》つ時《どき》、つまり午前二時、俺は小さな物音に気がつく。がちゃりとなにかが倒れる音を聞いたのだ。それが門番がなにものかに倒された音だと気がついたのは、俺の耳が地獄耳だからではなく、魔法で聴覚を強化していたからだ。これあるを予期し、探索系の魔法をこれでもかと掛けておいたのである。

「――敵は人間の暗殺者《アサシン》三人、それにゴブリンが三〇匹か」

王都郊外であることをいいことに数で攻めてきたようだ。ゴブリンで屋敷を強襲させ、その混乱に乗じてアリアを討つというのが敵の作戦だろう。

ちなみに敵は〝バルムンク〟だと思われる。現在、アリアローゼと敵対するものは多いが、その中でも最大にして最強の敵がバルムンクだった。

ランセル・フォン・バルムンク侯爵はラトクルス王国の財務大臣を務める重臣である。リヒトとエレンの父であるテシウス・フォン・エスターク伯爵と並び称される人物で、治のバルムンク、武のエスタークなどといわれている。

彼を犯人だと断定するのは、このように大規模の集団を、手際《てぎわ》よく集めることができるものが限られているからだ。

それに彼には動機と前科があった。前日、学院生をけしかけ、アリアローゼを誘拐したのである。特殊な〝素体〟でもあるアリアローゼを欲《ほっ》したということもあるが、それ以上に〝政敵〟となり得る彼女を排除しようとしたのだと思われる。

今はまだ小さな存在であるが、アリアローゼは将来の大敵となると思っているのだろう。

その判断は限りなく正しい。バルムンクは糞野郎《くそ》だが、人を見る目だけはあるようだった。

「それと策謀力も高い」

アサシンが門番を倒すと、ゴブリンどもが闇夜に紛れて侵入してくる。静かな行軍だ。指揮官の指示が行き届いているのだろう。その指揮官を雇ったバルムンクの目はやはり慧眼《けいがん》だった。

「ただ、まあ、相手が悪かったかな」

侵入者は手練《てだ》れであるが、王女を護る〝護衛〟はそれ以上の手練れだった。ゴブリン程度ならば何匹襲いかかってきても負ける気がしなかった。

「それにこの事態を見越していたから、〝罠《わな》〟を無数に仕掛けておいた。やつらは狩る側ではなく、狩られる側だったと自覚することになるだろう」

不敵に笑みを漏らすと、腰の神剣に手を伸ばす。聖剣ティルフィングだ。女性人格を持つ無機物に語りかける。

「これからゴブリンどもを斬り裂くが、準備はできているか？」

彼女は元気な声で答える。

『もちろんだよ。やる気満々だよ！』

「そいつはいい」

ついで反対側の魔剣に話し掛ける。

「グラムよ、先日以来の抜刀となるが、大丈夫か？」

『笑止、我を誰だと思っている。憤怒《ふんぬ》の霊剣とも呼ばれている我の実力を見せてくれよう』

「そいつは頼もしいな。しかし、今日は派手な魔法剣とかはなしでお願いする」

『ほえ？　なんで？』

ティルフィングはアホの子のような声を上げる。

「姫様は連日の夜会でお疲れだ。今宵《こよい》はゆっくり眠ってもらいたい」

『え、姫様を起こさず倒すの？』

「できれば」

魔剣グラムも驚く。

『それは無理ではないか。三〇匹ものゴブリンだぞ、乱闘になる』

「ま、極力そのつもりでってことだ。一応、姫様の寝所には防音魔法を張った。無論、この付近まで押し入られれば起こしてしまうだろうが」

『じゃあ、この入り口付近で倒すってことか。それならばまあ』

ティルフィングは納得したようだが、グラムはまだ信じられないようだ。そんな魔剣に聖剣は言う。

『ふふん、グラムはリヒトとの付き合いが短いから分からないようだけど、リヒトは超強いんだからね。見てな、あっという間にゴブリンをミンチにしてしまうから』

『まるで我がことのようだな。戦うのはリヒト殿だろう』

『ワタシとリッヒーは一心同体なのさ』

ふたりのやり取りを聞き終えると、俺は右手でティルフィングを抜刀し、左手でグラムを抜刀した。そのまま闇に紛れるような形で一階に降りていった。

バルムンクが雇った暗殺者《アサシン》、ガイルは暗殺者《アサシン》のエリートだった。ラトクルス王国の山間《やまあい》にある暗殺者《アサシン》の村出身だ。そこには〝老木〟と呼ばれた老人に育てられた暗殺者《アサシン》がいた。

彼らは世界中の権力者に重宝され、日々、暗殺に手を染めていた。本日はラトクルス王国の財務大臣様に雇われての〝畜生働き〟だった。

畜生働きとは家に押し入って、標的を含め、家人全員を皆殺しにする仕事を指す。畜生にも劣る仕事ゆえ、そのように呼ばれるのだが、ガイルはそのような仕事も躊躇《ちゅうちょ》なく受けた。仕事に貴賤《きせん》はないと思っているからだ。

またバルムンクは金払いもよかったし、この国の最高権力者のひとりだった。コネクションを構築しておいて損はないと思ったのだ。ゆえに腕利《うでき》きの部下ふたりを連れ、ゴブリンの兵も借り受け、男爵家を襲撃したのだ。すでに門番はすべて殺したので、あとは〝標的〟であるアリアローゼを殺し、男爵一家を皆殺しにすれば任務完了だった。

「これで豪邸が買えるほどの金が貰《もら》えるのだから笑いが止まらん」

暗殺の里は貧しい山間にあるが、里の暗殺者《アサシン》が大金を稼ぐおかげで潤っていた。ガイルの家も小貴族ほどの規模を誇っているのだ。

「愛人の数を増やすかな」

そのように俗にまみれた思考をしていると前方からなにか気配を感じた。即座に海老反《えび》りになったのは鍛錬しているおかげであったが、部下の助けまではできなかった。前方から現れたのは杭《くい》。避《さ》けることができなかった部下は串刺しとなる。

腹に杭が刺さった部下の死に顔を見る。「なぜこの俺が」、そのような顔をしていた。無理もない。このようなブービートラップが用意されているとは夢にも思わなかったのだろう。

我々、暗殺者《アサシン》一族は常に狩る側、〝狩られること〟に慣れていなかった。

死の罠を見たガイルは慎重になり、行軍を停止する。周囲の気配を探ると蝋燭《ろうそく》の燭台《しょくだい》を手に取り照らす。見れば足下にはワイヤーが張ってあった。

「なるほどね、これで我らを転ばせるのか」

転ばせた先には鋭利な刃物が置かれていた。これで突き刺すつもりだったのだろう。古典的だが効果のある手法だった。

ガイルはゴブリンに先に進むように指示をする。知恵のないゴブリンは恐怖をものともせず暗闇を進むが、ワイヤーを避けた瞬間、天井から酸が降ってくる。強酸性の液体がゴブリンに降りかかってきたのだ。

のたうち回る緑色の小悪魔。ガイルはそれを無視する。ゴブリンなど介抱する義理はなかった。ガイルにとってゴブリンは道具でしかないのだ。仲間の悲劇に動揺するゴブリンの尻を叩《たた》く。

「緑色の小鬼ども。おまえたちはゴミだ。クズだ。俺たち人間様の家畜でしかないのだ。餌がほしくば家畜として命令に従え！」

ガイルはさらに前進するように命令する。ゴブリンはガイルの怖さをよく知っていたので、躊躇しながらも従う。恐る恐る暗闇に中を進むが、暗闇に溶け込んだ数秒後、悲鳴が聞こえる。

「ぐぎゃ！」

「がはっ！」

「あがしっ！」

醜い断末魔の叫びが聞こえる。この世のものとは思えない悲鳴だった。

「いったい、どのような殺され方をしたのだ」

そのように思ってしまったガイルはゴブリンの死体を確認するが、ゴブリンは皆、首を斬り裂かれていた。見事な手際で首だけを斬り裂かれていたのだ。

この暗闇の中で首だけを狙いこのように斬り裂くなど、信じられないことだった。夜の眷属《ナイト・ウォーカー》でもこのようなことは不可能であろう。

もしかして自分はとんでもないやつを敵に回してしまったのではないか。そのような恐怖に駆られるが、それでも逃げ出すことはできなかった。

残った人間の部下に話し掛ける。

「先手を取られつつあるが、そうそう何個も罠を仕掛けることはできまい。それに殺されたゴブリンはたったの数匹、今から屋敷《やしき》に火を放つ。混乱に乗じて王女を討ち取るのだ。畜生働きは中止だ。王女の首さえ持って帰ればいい」

バルムンクは「最低でも王女の首」と言った。目撃者を残すことになるが、それも仕方ない。目撃者はバルムンクに始末して貰うしかない。

ガイルは腹心にそのように説明するが、部下の返答はなかった。

恐怖に臆して話せないのだろうか。

部下がいるほうに振り返るが、彼は悠然とこちらを見ていた。なんだ、ぼうっと突っ立って、そのように叱りつけようとしたが、それはできなかった。腹心がゆらりと前方に倒れたからだ。

見れば腹心の背中には刺し傷があった。黒光りする剣によって背中を斬られていたのだ。

「な、くそ、こいつも……」

まだ姿の見えぬ反撃者に怒りを燃やすが、その反撃者は暗闇の中から悠然と姿を現した。

王立学院の制服に身を包んだ若者。

下等生《レッサー》の印を持った二刀流の少年がそこにいた。

「く、貴様は誰だ」

「なんだ、バルムンクは標的の情報を教えてくれないのか」

「詳細は聞いている。男爵家のものはふぬけ、アリアローゼには固有の武力はない」

「なんだ、やっぱり聞いていないんじゃないか。アリアローゼには腕利きの護衛がいるんだよ」

「おまえのことか」

「ああ」

「自分で言うとはな！」

「それなりに鍛練を積んでいるからな」

「抜かしよる！」

ガイルがそのように言い放つと後方からゴブリンが襲い掛かってくる。醜悪な小鬼は俺の喉笛を掻《か》き切ろうとするが、一閃《いっせん》でそれを払いのける。

右手のティルフィングでゴブリンに袈裟《けさ》斬りを決め、左手のグラムでゴブリンの首を刎《は》ね飛ばす。

「な、二刀流だと」

「二刀流など珍しくないだろう」

「ああ、暗殺者《アサシン》は特にな。だがおまえの持っている剣はなんだ。それは神剣だろう」

「ああ、そうさ」

「神剣をふた振り同時に操るものなど聞いたことがない」

「世の中は広いってことさ」

　アリアローゼの無属性魔法、「善悪の彼岸」によって俺は聖と魔、両方の神剣を装備できるようになっていた。神剣をふた振り同時に装備し、効果を発動できるようになったのだ。それはこの長い歴史を誇るラトクルス王国の中でも希有《けう》な存在だった。だが、細かな説明は不要だろう。この卑劣な暗殺者《アサシン》と再会することはない。この男は今、死を迎えるのだ。

「俺は姫様と違って慈悲の心は持っていない。おまえはなんの罪もない門番を容赦なく殺した。俺もおまえを容赦なく殺す」

「ほざけ」

　そう言うと男は真っ黒な短剣《ダガー》を抜き放つ。それと同時にゴブリンが三方向から襲い掛かってくるが、俺はそれを「回転斬り」で跳ね返す。

「か、回転斬りだと」

「剣術の初歩の初歩だが、極めればこれくらいの芸当はできる。ましてや聖剣と魔剣によって解き放てば――」

　ゴブリンをなます斬りにしつつ、ガイルの腕を斬り裂くことなど余裕だった。

ぼとり――、

ガイルの黒装束に腕が落ちる。

ガイルは苦痛に顔をゆがめるが、聞き苦しい声を出さなかったのはさすがといえた。さすがは暗殺者《アサシン》を率いるだけはある。ガイルは即座にリヒトに及ばないことを知ると、リヒトの横を駆け抜ける。

「貴様のような化け物を相手にする必要はない。俺が狙うのは王女ただひとり」

そのように言い放つと、残りのゴブリンを総動員し、俺の足止めを狙う。十数匹のゴブリンが同時に襲い掛かってくるとさすがの俺も辟易《へきえき》する。ガイルが屋敷の奥に進むのは阻止できなかった。

「ふはは、見たか。これが〝老木〟仕込みの暗殺術よ。目的を果たすためならば皆が一丸となり、犠牲も厭《いと》わない」

「オール・フォア・ワン・ワン・フォア・オールの精神か」

「そういうことだ」

「言葉だけ聞けば美しいが、結局、おまえの名声と富を築くための犠牲ではないのか」

「その通り。だが、ゴブリンの低能ではそのようなことも分かるまい」

「かもしれないな」

「それではさらばだ。腕利きの護衛よ。いつかあの世で王女と再会できる日を祈れ」

そのように言い放ち、王女の寝室へと続く階段を駆け上がろうとしたガイル。しかし、とある人物によって遮られる。

「あー、ちなみにバルムンクは凄腕《すごうで》の護衛だけでなく、凄腕のメイドさんについても話していなかったようだな。もしも来世があったら、バルムンクに抗議するといい」

なにを言っているんだ？　ガイルはそのような表情をするが、次の瞬間、目を見開く。

二階の入り口にメイド服の娘が立っていたのだ。彼女は怒髪天を衝《つ》くかのように怒りに燃えていた。

「アリアローゼ様の命を狙っただけでも不届き千万なのに、このマリーを夜中に目覚めさせるなんて……」

ごごご、という音と炎揺らめく背景が出現したような気がする。

「マリーは最近、お化粧の乗りが悪いっしょ。にきびもできてしまったし、夜更《よふ》かしは美容の大敵！」

「五月蠅《うるさ》い！　あばずれ！　そこをどかねば殺すぞ！」

マリーの実力を知らないガイルは罵倒の言葉を発するが、それが彼の死刑執行宣誓となった。マリーは懐《ふところ》からクナイをふたつ取り出すと、それをガイルに投げつける。

暗殺者《アサシン》の長《おさ》であるガイルは不意の攻撃にも強かった。まさかメイドが忍術の使い手だとは夢にも思っていなかったようだが、それでもクナイを払いのける。

「ふ、効かんわ！」

そのように豪語するが、彼の強気はそこまでだった。その生命《いのち》も。

マリーが投げたクナイは二本ではなかったのだ。マリーは二本のクナイを投げると同時に同じ軌道でもう二本クナイを投げていたのだ。

同じ軌道上にあるため、ガイルの視線では後続のクナイがまったく見えなかったのである。

後続の二本のクナイは、一本はガイルの額、もう一本は喉に突き刺さる。ガイルは声を発することさえできずにその場にくずおれる。

マリーは冷然とガイルを見下ろすと、そのままクナイを回収し、掃除を始める。

「さすがはメイドだな、侵入者の排除も後始末もお手の物だ」

「冗談でしょ。マリーが倒したのはたったのひとり、あなたは暗殺者《アサシン》ふたりとゴブリン三〇匹を倒したのだから」

マリーは呆《あき》れながら周囲を見回す。俺の周囲には無数の死体が転がっていた。

「この量をひとりで、しかも大きな音を立てずに倒すなんて、あんた、化け物ね」

「褒め言葉と受け取っておくよ」

そのようにうそぶくとマリーの手伝いを始める。たしかに俺たちは客人であるし、王女の家来として礼節を守りたかった。

しばらくすると男爵家の家人もやってきて血だらけの惨状に驚くが、俺たちが男爵家と王女を救ったことを知ると深く感謝してくれた。

恩人である俺たちにこれ以上、後始末はさせられないと、死体の処理を代わってくれた男爵家の使用人たちにそのまま風呂《ふろ》を勧められたので、俺たちは深夜に入浴する。清潔な衣服も用意され、朝まで眠るように勧められた。

明日は学校もあるし、彼らの勧めに従うことにする。マリーと寝所の前まで一緒に歩くと、彼女に寝所に寄っていくように勧められる。

情愛の誘いではなく、ちょっとしたご褒美《ほうび》であるようだ。なんでも最高に可愛《かわい》いものを見せてくれるとのことだった。なんであるか、ある程度察することができたので、素直に従うことにした。

マリーはそうっと王女様の寝所を開ける。するとそこには最高に可愛らしく寝息を立てる少女がいた。

「見てご覧なさい、この世界で一番可愛い寝顔を」

誇張でもなく、真実だったので、俺は姫様の寝顔を堪能《たんのう》するとこう言った。

「それにしてもすごい大物だな。騒ぎは最小限にしたとはいえ、起きることがないのだから」

アリアローゼの眠りは深く、一度眠ったらあの程度の騒ぎで起きることはないらしい。

俺が防音魔法を施したお陰でもあるが。

「大物には違いないわね。なにせこのお方は未来の女王陛下なのだから」

「たしかにな」

ふ、と笑うとこのように纏《まと》める。

「ラトクルス王国の女王は彼女のように清廉で、度量の広い人物でなければ務まるまい」

なにせ、この国は王であろうが、王女であろうが、構わず襲撃してくる佞臣奸臣《ねいしんかんしん》の巣窟なのだ。〝平凡〟な気質の女性に〝王〟が務まるわけがなかった。

すやすやと眠る未来の女王様の寝顔を数分ほど観賞すると、俺は自室に戻った。

†

執事服を着た禿頭《とくとう》の男は部下から報告を聞くと一瞬だけ渋面を作った。

部下からの報告は吉報ではなかったのだ。

「まったく、ガイルめ、しくじりおって……」

舌打ちこそしなかったがそれに類することをすると、禿頭の執事は主《あるじ》の部屋に向かった。

そこには新聞を読む主がいた。

執事の主であるランセル・フォン・バルムンクである。

主は王侯貴族のように優雅に新聞を読んでいた。いや、〝ような〟とは不適切か。主は貴族の中の貴族なのだ。

ランセル・フォン・バルムンクはフォンの敬称から分かるとおり貴族である。由緒《ゆいしょ》ある侯爵家の当主でその領地は国内でも最大級であった。

彼の一日は最上級のコーヒーと新聞から始まる。コーヒーはシャクー・ハムスターという齧歯類《げっしるい》がかみ砕いたコーヒー豆を焙煎《ばいせん》したものしか飲まない。それ以外のものを注ぐと口を付けることもない。

新聞はサン・エルフシズム新聞を好むが、ドワーフ・タイムズやヒューマンなどの主要紙にはすべて目を通す。

メイドがアイロンがけをした新聞を端から端までじっくりと読むことから主の朝が始ま

るのだ。この国の大臣とバルムンク家の当主を兼ねる主は分単位のスケジュールで動いているため、この時間を貴重に思っている。そのことをよく知っていた執事は静寂を破っていいか迷ったが、結局、破ることにした。

そのような話聞きたくない、とは〝破滅するもの〟が必ず口にする言葉。耳障《みみざわ》りな報告を遮断するな、とは常日頃から主が言っている言葉だった。執事はその度量に惹《ひ》かれ、今日まで主に仕えてきたのである。

執事は心地よく新聞を読む主に事態を伝えた。バルムンクは一瞬、新聞を読む手を休めるが、それ以上の反応は見せなかった。

「報告、ご苦労」

とだけ言う。

「……それだけでございますか？」

「それ以上、なにがあるというのだ」

「叱責されるものと覚悟していました」

「王女襲撃は余興だ。成功するとは思っていなかった」

「…………」

「王女襲撃の目的は王女の命にはない。真の目的はその護衛の実力を測ることだ」

「あの、リヒト・アイスヒルクとかいう小僧を高く買われているようですが」

「ああ、やつを見るとうずく」

「買いかぶりすぎではありませんか。やつはたしかに魔人アサグを殺しましたが、まぐれということもありましょう」

「おれは敵を過小評価しない。正確にはおれの剣は、かな」

バルムンクは手元に置いてある剣に手を伸ばす。その剣は神々《こうごう》しいまでの威容を誇っていた。

「家名と同じ銘を持つ神剣バルムンク、こいつが言うのだ。あの男は強いと」

「神剣バルムンクが……」

「そうだ。共鳴、いや、鳴動するのだ。あの男の持つ神剣ティルフィングと剣を交えよと」

「侯爵家の当主ともあろうものが、あのような平民と剣を交えなくても」

「聞けばあの少年、エスタークの息子だそうではないか。エスターク家は伯爵だ。侯爵家と釣り合いが取れないこともない」

「バルムンク家に並ぶ家などございません」

執事の追従に偽りがなかったので、バルムンクは「うむ」とうなずくと話を続ける。

「しかし、この神剣がおれをたぎらせるのだ。あの少年と戦えと。ゆえにおれはそのたぎりが本物であるか、確かめるために暗殺者《アサシン》の派遣を許可したのだ」

「見事に返り討ちにあってしまいました」

「そういうことだ。つまりおれのたぎりは本物であった、ということだな」

「ではあの少年を捕縛しますか？　我が家に呼び出すことも可能ですが」

執事の提案をバルムンクは拒否する。

「魅力的な提案であるが、あの少年との決闘はおれ個人が執り行いたいもの」

遠慮しよう、と、かぶりを振り、本来の役目を口にする。

「おれはランセルであると同時にバルムンク家の当主であり、ラトクルス王国の財務大臣でもある」

そのように纏めると、バルムンクは今、一番しなければいけないことに注力する旨《むね》を伝えた。

バルムンクの視線は闘技場を描いた絵画に移る。その闘技場はバルムンク家が所有するものではなく、とある学院が所有するものであった。その学院とはもちろん――。

「剣爛《けんらん》武闘祭」

かつて自身も参加した大会の名をつぶやくと、ランセル・フォン・バルムンクは思考を重ねた。ランセル的な思考法を捨て、バルムンク家当主として陰謀をめぐらせたのである。

第二章

赤髪の剣姫

リヒト・アイスヒルクは王女の護衛であり、エレンの兄であるが、それと同時に王立学院の生徒であった。古今、学生というものの本分は勉学であり、授業を受けなければならないのである。

†

というわけで本日は真面目に授業をこなす。

「まあ、護衛といっても二四時間体制で護る必要もないしな」

この王立学院は貴族や大商人の子弟が通っているため、反王国的な思想を持つテロリストが侵入しないように厳重に警備されていた。学院中が柵に囲まれており、魔術的な装置の仕掛けも至る所に配置されているのだ。

この学院を強襲するのは砦《とりで》を強襲するようなもの、というのが警備責任者の弁である。

無論、その堅固さにあぐらをかいていていいわけではないが、それでも二四時間体制で気を張っていれば俺も姫様も精神を摩耗させてしまうだろう。そうなれば肝心なときに力を出せないかもしれない。それは本末転倒だった。ゆえにある程度学院生活を楽しむのが護衛のコツ、とメイドのマリーは教えてくれた。護衛として先達である彼女の言葉は重い。

「まあ、今までずっと城の書庫でひとり寂しく勉強してきたからな」

同年代の少年少女と一緒に学ぶというのはなかなか新鮮だった。

軽い足取りで特待生《エルダー》の寮に向かう。ポプラの並木道には野鳥がおり、耳目を楽しませてくれる。

「北部にはいない鳥ばかりだ」

雪と氷に閉ざされた北部地方は動植物の種類が少ない。生物学にも興味がある俺にとってこの学院は最良の研究場所となりそうだ。

そんなことを考えながら朝の散歩をする。送り迎えなど性に合わないと思っていたが、アリアとエレンの送り迎えは俺の精神を癒やしてくれる要素が多分にある。

学院生の中でも特別見目麗《みめうるわ》しいふたりの少女を朝の陽光とともに見るのは眼福であったし、他のものには見せない〝隙〟なども見せてくれるのだ。

例えばアリアローゼは朝、粛々と目覚めるが、そのお供であるマリーの手伝いをする。化粧命のメイドさんの身支度を手伝うのだ。立場が逆だろう、と思うが、姉妹のように仲良く互いの髪を梳《と》かし合う姿はなかなかに麗《うるわ》しい。メイドさんが自分の化粧にばかりかまけてたまに主に寝癖が残っているのは御愛嬌《ごあいきょう》だろう。

一方、我が妹はアリアとは対極だ。普段は折り目正しい優等生の癖に朝にはとことん弱い。低血圧と我儘《わがまま》を爆発させる。本日も機械式目覚まし時計が鳴っているのに一向に目を覚まさず、仕方がないので俺が部屋に入って起こした。

目覚めると「リヒト兄上様がいる……」と、とろんとした顔をして抱きつこうとしてくる。どうやら彼女の意識はまだエスターク城にあり、夢の中にいるようだ。そのままキスをしようとするのはまあいいが、衣服を脱ごうとするのは看過できないので胸元をしっかりと閉めるとほっぺを引っ張る。

「いひゃい……」

痛覚によってここが王立学院であると思い出すと、朝の準備を始める。

――といっても彼女は筋金入りのご令嬢。城にいたときは身支度などしたことがない。

毎朝、専属のメイドが数人がかりで整えてくれていた。

なので髪を梳かしたり、顔を洗うのがとても下手くそであった。

「勉強や剣術は器用にこなすのにな」

そのような感想を漏らすとエレンはこのように反論する。

「エスタークの城では少々過保護に扱われすぎましたが、箱入り令嬢はそろそろ卒業です
……！」

「特待生《エルダー》は専属のメイドと一緒に住んでいいことになっているが、雇わないのか？」

「まさか。せっかく学院に来たのですから、世間知らずも卒業しとうございます。自分で

できることは自分でしないと」

そう言うとネグリジェを脱ぎ始める。妹の裸身は見慣れていたが、ここは目を背けるのが紳士のたしなみだろう。

ただ妹はそんな兄の心を知ってか知らずか、制服の着脱を頼んでくる。なんでも王立学院の制服は三ピースになっており、脱ぎ着が難しいのだそうな。マリーなら「はあ？」と言うだろうが、妹はエスタークの城では下着さえメイドに着替えさせていた。簡易に着こなせるはずの制服も彼女にとっては難易度が高いのだろう。「明日からは自分で着るんだぞ」と念を押し、妹の制服の脱ぎ着を手伝う。

朝日に照らされる妹の裸身はとても美しいが、性的な感情はわかない。当然か、俺たちは血の繋《つな》がった実の兄妹《きょうだい》なのだから。

制服に着替え終えると妹のエレンは寮の食堂に向かう。この学院は原則、全寮制であり、全生徒が寮生活を送っている。かくいう俺も下等生《レッサー》の寮に入っており、朝食を済ませてからここにやってきた。

ちなみにこの学院は下等生《レッサー》も一般生《エコノミー》も同じ寮に住んでいるが、特待生《エルダー》だけは特別扱いされており、ひときわ立派な寮に住んでいた。

寮の造りから調度品まで、まるで王侯貴族の住まいのようだった。無論、そこで出されるものもそれに準じる。

本日のメニューは焼きたてのクロワッサンにジャガイモの冷製スープ。メインディッシュはボイルドエッグに厚切りベーコンだ。ボイルドエッグにはバターと卵黄をたっぷり使ったオランデーズソースがたっぷり掛けられている。

下等生《レッサー》の寮もなかなかのものを食べさせてくれたが、手間と食材という意味では特待生《エルダー》には及ばない。ゆえに先ほど朝食を食べたばかりだというのに腹が鳴った。

その姿を見ていてエレンはくすくす笑う。

「相も変わらず健啖家《けんたんか》ですね」

エレンは自分の分のスープを俺の口元に運ぶ。

餌付けされてたまるか、と無視を決め込もうとするが、自然と彼女のスプーンにパク付いていた。

「食いしん坊さんです、ふふふ」

「まあな。よく義母上《ははうえ》に食事禁止の罰を賜っていたから食えるときに詰め込む癖がついてしまったのかもしれない」

「本当、意地悪な母上です」

「しかし、その娘は優しかった。夕食抜きの罰を受けた俺にこっそり食事を差し入れしてくれた。あのときのパンは自分の夕食だったんだろう？」

「リヒト兄上様が飢えているというのに自分だけ食べられません」

「それはおまえが優しいからだ。おまえのような優しい娘を妹に持てて俺は幸せだよ」

「兄上様……」

頬を紅潮させるエレン。夢の世界の住人に逆戻りであるが、彼女を現実世界に戻すのはアリアローゼ主従。再びアリアはにっこりと俺の隣に座っていいか尋ねる。もちろん、構わなかったのでマリーは俺の隣の席を引くが、ひとりだけ反対するものがいた。

いつの間にか夢の世界から戻っていた妹は「こほん」と咳払《せきばら》いをする。

「王女様、ご機嫌麗しゅう」

「アリアと呼んでください」

どうやらお姫様は我が妹と仲良くしたいらしい。ただ、肝心のエレンにその気はないようで、アリアの愛称は使わない。

「〝アリアローゼ様〟、ご機嫌麗しゅう」

アリアは少しだけ苦笑いすると、俺の隣に座っていいか妹に尋ねた。

「その席は空いているし、私に席の場所を決める権限はありません」

「ではここに」

控えめに座るが、斜め対面に座っている妹は敵愾心《てきがいしん》を隠さない。せっかく、兄上様とふたりきりなのに、という表情を隠さない。いや、声にも出してしまっている。

アリアは申し訳なさそうにするが、席を離れる気もないようだ。それどころかエレンの瞳をまっすぐに見つめる。

「先日から忙《せわ》しなくてゆっくり話す機会に恵まれませんでした。リヒト様の妹ということはわたくしの妹も同義、どうかよろしくお願いいたします」

握手まで求める王女様、とても気さくである。一方、エレンはその対極にあった。激しく反発する。

「な、な、なんですって⁉　あなたが私の姉ですって⁉」

「──のような存在です」

「それってリヒト兄上様のお嫁さんになるってことでしょう！」

「…………」

アリアも否定すればいいものを沈黙をもって答える。

「兄上様のお嫁さんはすでに決まっています！　この私です」

「おいおい、兄妹は結婚できないぞ」

「法律を替えるまで。というか兄上様、黙っていてください！」

ぴしゃり、と俺の口に指を添え、黙らせる妹君。あまりの迫力に沈黙してしまう。

「一国の王女が無位無冠の若者に懸想《けそう》をするなんてよくないことだと思います」

「無位無冠ではありません。リヒト様は王女の騎士です」

「私的な称号でしょう。今の兄上様にはフォンの称号もありません」

「近いうちに正式な騎士に任命します」

「騎士でも王女とは釣り合いません。そもそも、護衛と結婚するなんて聞いたことがない」

「わたくしとリヒト様はそういう関係ではありませんよ」

あくまで冷静にそのように告げるアリアは賢い。しかし我が妹は一度、頭に血が上ると見境がなくなる。妹はぷすーと頰袋を膨らませると、食器のトレイを持ち上げる。

「ご馳走様《ちそうさま》です！　さあ、行きましょう、兄上様」

「いや、俺は姫様の護衛なんだが……」

妹はぎろりとアリアを睨《にら》み付《つ》けるが、アリアは大人だった。小声で言う。

「わたくしにはマリーがいます。この場を収めると思って……」

という提案をしてくれた。

「まったく、仕方ない妹だ。道すがら説教をするよ」

「……優しくお願いします。北部からわざわざ兄を追ってやってきたのですから」

どこまでも優しい王女に感服すると、彼女の提案に従うことにした。妹はそんな王女様に感謝することもなく、「ふん」と立ち去っていった。

――その光景を陰から見つめる黒い影。

俺はその存在に気が付いていたが、あえて無視をした。その存在は姫様にではなく、俺に殺意を向けていたからだ。

俺はこの学院でとても目立つ、とかく異性に好意を持たれるので、同性に逆恨みされることは珍しいことではない。

先日もとある女生徒が俺に恋をしたのだが、その女生徒に恋をしていた男子生徒が俺に喧嘩《けんか》を売ってきた。嫉妬による行動だったので遠慮せずに返り討ちにしたのだが、そのような手合いは日々増えていった。加速度的に敵が増えていくことを日々実感する。

ゆえにあの影もその手合いだろうとたかをくくった。

(姫様に被害が及ばないのならばどうでもいいさ)

心の中でそのように纏《まと》めると、以後、影を無視するのだが、その影は今までの影とは〝ひと味〟違うようだ――。

王立学院の授業は午前七時から行われる。寮は敷地《しきち》内にあるので苦ではないが、レベルの低い内容には辟易《へきえき》していた。

「ここで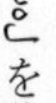を代入し、を自乗させると、魔法の効果は何倍にも高まる」

同級生たちは真面目にノートを取っているが、俺はノートを取らない。そのような知識、七歳のときに修めていたのだ。

エスタークの広大な書庫にある本はすべて読み尽くしたと言っても過言ではない俺。特に魔法関係の書物はいくらでもそらんじることができた。俺は真面目にノートを取る同級生たちを観察したり、お姫様の横顔を観賞したり、窓の外を長時間眺め、時間を潰していたのだが、さすがは教師、俺の不遜な態度に気がついたようだ。

「新入生のリヒト・アイスヒルク、私の授業がそんなにつまらないかね」

つまりません、と心の中で回答するが、喧嘩を売る必要はないだろう。素直に謝ると、席を立つ。

「どこへ行く気かね」

「授業をサボって風景を見ていたので、自分を戒めたいです。廊下でバケツを持って立ってきます」

「ほう、しかし、そのようなことをすれば女生徒のファンが失望するのではないか？」

「興味ありません」

と言ったがどうやら教師は風景よりも生徒を観察していたことを問題視しているようだ。俺が女生徒の品定めでもしていたと思っているのだろう。視線の矛先の半分は同性のはずであったが、色眼鏡で見ているものはなにごとも邪推する。要はこの教師、俺が女生徒にモテるのが気に入らないようだ。

俺に悪意を持つ教師を観察する。

ふくよかというよりもでっぷりとした体型、半分はげ上がった頭髪、顔の造形も人間よりもオークに近い。学生時代に遡っても美少年と呼ばれていた時期は皆無だろう。

ただ、彼の場合はその容姿よりも偏屈で偏見に満ちた性格のほうが問題かもしれない。

俺を外見だけでリア充であると判断、かつて自分が持っていなかったものをすべて持っていると決めつけ、疎《うと》んでいるようだ。

（端《はた》から見ればそうなのかもしれないが……）

下駄箱《げたばこ》にあふれる恋文、廊下を歩くと浴びせられる視線、それらはたしかに男ならば誰でも羨むものかもしれないが、逆に俺は皆が普通に持っていたものを持たずに育った。

温かい家庭、心安らぐ場所、命の危険に怯《おび》えずに済む環境、子供時代に必要だったものを得ることができなかったのだ。

──あの教師と俺、どちらが幸せであるか、誰も論じることはできないだろう。

そう思ったが、よそ見をしていたのは事実、俺は甘んじて罰を受けようと立ち上がったが、そんな俺に教師は宣戦布告する。

「ふ、聞き分けがいいふりをして女子に点数稼ぎかね。異性をたらし込む手管は主譲りかな」

「──なんだと」

ぎろりと教師を睨む。

「おまえの主の母親は身分卑《いや》しい出でありながら、あっちのほうで陛下を籠絡《ろうらく》し、妃《きさき》になったと聞くが」

アリアローゼの母親を侮辱した言葉なのは明白だった。彼女の母の出自はたしかに庶民であるが、そのような下劣なものいいは看過できなかった。

王室不敬罪、という法律を思い出し、腰の剣に手をやりたい衝動に駆られるが、それはアリアに抑えられた。言葉でも行動でもなく、そのたたずまいで。

彼女は自分と母親が侮辱されたにもかかわらず超然としていた。姿勢と視線をぴんとただし、まっすぐに教師を見つめていた。

その気高さに教師は面食らっている。その高貴な態度に反アリアローゼ的なクラスメイトも呑《の》まれていた。

その姿を見て俺は、

(――俺なんかよりも姫様のほうが何倍も大人だな)

そう思い、矛を収める。

少なくとも武断的な方法で教師に泡を吹かせるのをやめた。俺は立ち上がると黒板の前に行く。

「な、なんだね、君は。わ、私と戦うというのかね⁉」

教師に暴行を働いたものは退学だぞ、と付け加えるが、このような男、斬る価値もなかった。俺は先ほどこの男が書いた魔術式に手を加える。

「たしかにここにこの式を代入すると、魔法の効果は自乗されますが、こうしたほうが――」

すらすらと式を書き換えていく。教師が書いたものよりもシンプルかつ美しい魔術式をだ。

その式を見ていた一部の生徒、特に特待生《エルダー》は「ほう……」と感嘆の言葉を漏らす。

教師も鳩《はと》が豆鉄砲を食ったような顔で式を見る。冷や汗もかいている。

それが答えだった。

俺の書いた魔術式は教師が書いたそれよりも効率的で高出力だった。それも二倍どころか数倍も。その魔術式を見た教師は「有り得ない」を連呼していたが、少しでも素養があるものは「美しい」と口にした。

俺の書いた魔術式はそれくらい洗練されており、理に適《かな》っていたのだ。

クラスメイトたちは度肝を抜かれるが、教師は最後まで歯ぎしりしていた。

教師は悔し紛れに「廊下に立っていろ」と言った。最初からそのつもりだったし、よそ見の罰は甘んじて受けるつもりだったので廊下に立つ。

両手にバケツを持つとそれになみなみと水を注ぐ。とても重いが苦にならない。エスタークにいた頃はこれよりも重いものを毎日持っていたし、それに俺は〝罰として廊下に立たされる〟というシチュエーションに憧れていたのだ。

少し嬉《うれ》しそうに廊下に立った。そんな俺の表情を見て姫様も嬉しそうにする。どうやら彼女には俺の気持ちが手に取るように分かるらしい。

このように一風変わった学院生活を送る俺であるが、楽しみがないわけではない。俺は食べることが好きなのだ。

そのなかのひとつが、寮母のドワーフのセツさんが作る美味《おい》しい食事。俺が大喰《おおぐ》らいであることを知っている彼女はリヒト盛りという造語を作り出し、毎朝俺の食欲を満たしてくれる。リヒト盛りとは通常の三倍、食事を盛ることだ。寮では一応、おかわりは一回までと決まっているので、その穴を突くための盛り付けである。パンを圧縮してパンの中にパンを詰め込んだり、こぼれ落ちるくらいにシチューを盛ったりする。

その光景を見て同級生のクリードは、

「おまえは牛みたいに胃袋が複数あるのか」

と呆《あき》れた。

「残念ながらひとつだよ。俺は幼い頃から食事抜きの罰を与えられていたからな。食べられるときに食べる癖がついているんだ」

「なるほどね。おれもそうだよ。よく悪さをして夕食を抜かれたものさ」

「お互い大変な家庭環境だな」

「おれのは自業自得《じごうじとく》だよ。ま、それでも児童虐待は撲滅したいものだ」

「立派な志だ」

「おれ、先生になりたいんだよね」

「教師に？」

「変かな？」

「変じゃないさ。でも、意外だ。おまえは王立学院の制度を毛嫌いしていたから卒業すれば遠くに行くと思っていた」

同級生のクリード、この学院にやってきてできた初めての友人を見つめる。彼は軽く照れくさそうに笑うと言った。

「たしかにこの学院は腐ってるよ。特待生《エルダー》に一般生《エコノミー》、下等生《レッサー》、同じ年頃の子供を集めてわざわざ階級付けしたりしてさ」

クリードは呆れながら続ける。

「下等生《レッサー》に植え付けられるのは劣等感、一般生《エコノミー》に芽生えるのは優越感、特待生《エルダー》が覚えるのは虚栄心だけだ」

「ああ、この学校の生徒は腐っているのが多い」

入学初日に絡《から》んできた一般生《エコノミー》のヴォルグを思い出す。この学院には大小様々な小悪党がひしめいていた。

「でも、それはやつらの責任だけじゃないと思うんだ」

クリードは穏やかな表情で言う。

「言うならばやつらは温室育ちだ。自尊心だけ植え付けられ、自分を客観視する機会も与えられないまま、この学院に入れられた。本来なら彼らの親や教師がやつらを導いてやらなければいけないのに、皆が放棄してきたんだ」

「結果が特権意識だけが芽生えたガキが量産されるというこの状態か」

「そういうこと。俺はそういった負の連鎖を断ち切りたいと思っている」

「なるほどね。だから教師志望なのか、しかもこの学院の」

「ああ、本当は田舎の私塾で子供たちに読み書きを教える方が性に合っているんだけど、せっかく、村の期待を背負って王立学院に入学したんだしな。頑張って教師になってみせるさ」

クリードはそのように纏《まと》めると最後にこのような質問をする。

「ところでリヒト、おまえはなんでこの王立学院に入ったんだ？」

至極当然の質問であったが、今まで誰にもされなかった質問だ。この学院は裕福な家の子弟が通っているが、ただ漠然と執行猶予《モラトリアム》を過ごしているものが過半だった。ゆえにそのような質問をされる機会が少ないのだ。しかし、面と向かってそのような質問をされると少々戸惑う。俺がこの学院に入ったのは不純な動機なのだ。

（……俺はお姫様の護衛を務めるために入っただけだからな）

それを考えるとこのように目を輝かせて未来を語る同級生の前で本当のことを語るのは

憚《はばか》られた。ただ、嘘《うそ》をつくのはもっと厭《いや》だったので、今、この場で湧いた感情を口にする。

「――そばで一緒に夢を見たいと思っている人のためにこの学院に入ったのかもしれないな」

抽象的な言葉であったが、クリードは馬鹿にすることなく、

「そうか、叶《かな》うといいな」

と言ってくれた。

クリードは別《わか》れ際《ぎわ》に拳を突き出す。彼の地元では拳と拳を突き合わせる挨拶があるようだ。男の挨拶らしく、マブダチとするものらしい。快くその挨拶をすると俺たちはそれぞれの所用を済ませるため、解散した。

その光景を物陰から眺めるものがいる。

お団子頭にインテリ風の眼鏡を掛けた女性、この学院の教師にして下等生《レッサー》寮の寮長である。彼女は怪しげな瞳でリヒトとクリードを観察していた。右手にペン、左手に革の手帳を持ち、事細かになにかを書き込んでいる。

彼女はアリアローゼに仇《あだ》なす一派――ではない。

学院では堅物の礼節教師として知られているが、彼女が厳しいのは生徒を思ってのこと。また彼女は篤志家であり、愛国者でもある。生徒であり、王族であるアリアローゼを害そうなどという感情は微塵《みじん》もない。

またリヒトのことも礼節はともかく、その武芸の腕前と学識には一目も二目も置いていた。彼が心優しい生徒であることも知っていた。

ならばなぜ、このような熱視線でリヒトを見つめるのだろうか?

それは彼女ことジェシカ・フォン・オクモニックが文筆家《アーティスト》だからである。

ジェシカ・フォン・オクモニックの筆名《ペンネーム》はパトリシア・ジョセフィーヌ。学内のアンダーグラウンドで発行されている同人誌、『薔薇《ばら》と百合《ゆり》が咲き乱れて』を主宰する人物なのだ。

『薔薇と百合が咲き乱れて』は少女向けの文芸誌で、恋愛小説から官能小説、同性愛小説も扱っている。

その内容の過激さで知られ、学内の風紀委員と暗闘を繰り広げているのだが、その主宰者がジェシカであることを知っているのは『薔薇と百合が咲き乱れて』の寄稿メンバーだけだった。

未《いま》だに主宰者の存在は謎に包まれているのである。

先日、メンバーのひとりが摘発された際も過酷な尋問を受けたが、彼女は決して口を割らなかったという。仲間思いであったし、ジェシカのことを尊敬していることもあったが、彼女はそれ以上にジェシカが書く小説を愛していたのだ。

特に最近、ジェシカが執筆をしている「リヒトもの」と呼ばれる一連の小説の大ファンで、その続きを読むためならば「命を捧《ささ》げてもいい」と公言しているという。

少し話はそれたがこれがジェシカがリヒトとクリードに熱視線を送る理由だった。つまり彼女は次回作の題材として「リヒト×クリード」を選ぼうとしているのである。

「――いえ、クリード×リヒトのほうが王道かしら」

赤ら顔で眼鏡をくいっとさせるジェシカ。

「リヒト様は受けが似合う。あの繊細でアンニュイな感じがたまらないわ」

クリードが強引に迫り、リヒトを陥落させていく光景が脳内に浮かぶ。するとたらりと一滴の鼻血が。

思わず昇天してしまいそうになるが、女生徒のひとりがじっとこちらを見ていることに気がつき、ジェシカは我を取り戻す。

手慣れた手つきでハンカチを取り出すと鼻血を拭う。

「鼻血なんて珍しい。花粉の季節かしら」

優雅にハンカチをしまい込むと、にこりと微笑《ほほえ》み、その場を取り繕う。

「ごきげんよう」

と挨拶をすると、女生徒も同じように挨拶し、そそくさとその場を立ち去る。その笑顔にのっぴきならぬものを感じたのかもしれない。普段、ジェシカは容易に笑わないのだ。

「ふう、なんとかごまかせた。──さて、リヒト様もいなくなってしまったし、自室で執筆でもするか」

ジェシカは、いや、パトリシア・ジョセフィーヌは煮えたぎった執筆意欲を昇華すべく、自室へ急ぐ。

その姿を確認していたリヒト、特にリアクションは起こさない。妄想の中でどのように扱われようとも害はないし、思想の自由は大切にしたかったからだ。──ただ、ひとつだけ看過できないものがある。

それはジェシカの〝後方〟からリヒトを見つめる人物の存在である。

その人物は明らかに〝殺意〟を向けていた。

今にも斬りかかってきそうな闘争心を持っている。

(衝突は避けられそうにないな)

その人物は殺意も正体も隠すつもりは毛頭ないようで、まっすぐにリヒトを見つめていた。

「こいつで決着を付けるしかないか……」

腰の聖剣と魔剣に視線を向ける。

彼らも決闘は不可避であると分かっているようで、闘志を蓄えつつあった。


ゆっくりと学院を歩く。転入したてではあるが、学院の敷地《しきち》はほぼ把握している。俺は姫様の護衛であるから逃走経路や護衛に必要な情報はすべて頭にたたき込んでいた。

その情報を基に人気《ひとけ》のない場所、他の生徒に被害が及ばない場所を選定し、彼女をおびき寄せることにする。

王立学院は騎士科、魔術科、神聖科、花嫁科、などに分かれており、それぞれに広大な敷地と施設を持っている。個別に小さな町規模の施設群を抱えているのだが、その中でも特筆すべきは我が魔法剣士科だった。

その敷地は三日月が沈むまで、施設群は王侯貴族のそれ、と評されるほど立派なのだ。エスターク城育ちの俺ですら驚嘆するほどの規模を誇り、人気のないところを探すなど雑作もないことであった。

雑木林を見つけるとそこに向かう。

きのこ狩りに向かうかのような気軽な足取りで入ったが、俺を追う影は違った。雑木林の深部に到着すると同時に斬撃を加えてくる。

「手荒な歓迎だな。剣の腕よりも礼節を学ぶべきなんじゃないかな」

冷静に言い放つと影だった少女はきっと俺を睨《にら》みつける。

赤毛の少女は語気を荒らげながら言い放つ。

「まさか、貴様から説教をもらうとは。盗人猛々《ぬすっとたけだけ》しいとはこのことだな」

「盗人とは酷《ひど》い。落とし子にして忌《い》み子だが、人様のものを盗んだことはないよ」

「なんと厚顔無恥な！　貴様が腰に下げているものはなんだ」

「…………」

沈黙してしまったのは彼女の指摘に心当たりがあったからだ。腰に下げている神剣ティルノィング、この剣は俺が実家から持ち出したものだった。

無論、自分の意思で持ち出したのではなく、妹のエレンがしでかしたことだが。しかし、それでも家宝を城の外に持ち出した事実は変わりなく、盗人と指摘されても仕方ないかもしれない。

俺は神剣を実家に戻すか真剣に考え始めるが、それに不平を漏らすは当の本人。

『待て待て、待ってクレヨン！』

謎の造語を作るは神剣ティルフィング。

『たしかにワタシは君の妹ちゃんが持ち出したものだけど、君は正当な所有者なんだよ。ワタシが選んだ〝選ばれしもの〟なんだ。だから君は泥棒じゃない。ノット・盗賊《シーフ》』

「それはおまえの認識であって客観的事実じゃないしな」

『おうふ！』

そのようなやりとりをしていると赤髪の少女は苛立《いらだ》った声を上げる。

「貴様！　なに独り言を言っているんだ！　あたしを小馬鹿にする気か！」

「まさか、俺は芸人《コメディアン》じゃないよ」

神剣と会話をしている、と言い張っても信じては貰《もら》えないだろう。だからこのような返答になったが、それがまた彼女の気に障《さわ》ったようだ。遠慮なく第二撃が飛んでくる。

分厚い鉄の塊が鼻筋に飛んでくる。

「すごい大剣だな。その細腕でよく振り回せるものだ」

「女だからと小馬鹿にするな」

「そんなつもりは毛頭ない。最近、そういった言動に厳しい風潮があるからな」

その物言いが火に油を注いだのだろう。さらに鋭い斬撃が飛んでくる。

なんとか回避するが、先ほどまで俺がいた場所に大穴が空いている。もしもまともに食らえばリヒト風ハンバーグが完成していたことだろう。

「というか、ここまで恨まれる理由がわからない。たしかにこの神剣は城から勝手に持ち出したが、それはエスターク家の問題だろう。それとももしかして君は義母や兄に雇われているのか？」

「エスタークの事情など知らぬ！　それにティルフィングなどどうでもいい。あたしが問題にしているのは黒き剣のほうだ！」

「なんだ、こっちか」

もう一方の神剣、魔剣グラムに視線をやる。

「しかし、こっちも盗んだ覚えはない。ヴォルグという屑《くず》から奪いはしたが」

この神剣の元々の所有者はヴォルグという男爵家の小倅《こせがれ》だった。やつはこの魔剣と悪魔化した身体《からだ》で俺に挑んできたのだが、返り討ちにしたという経緯がある。ただ、言い訳をさせて貰えばこの神剣も自分の自由意志によって俺の腰に収まっていた。力ずくで奪ったものではない。

「明文化はされていないが、神剣同士で戦い勝ったほうは相手の神剣を所有する権利が与えられるという。いにしえの習慣に照らし合わせればグラムが俺の腰に下げられていても問題ないはず」

もっともな道理を吐いたつもりだが、赤髪の少女は意外な論法で責め立ててくる。

「ヴォルグなど知らぬ！　だが、その神剣が我がバルムンク家所有のものであることは知っている！」

「バルムンク家……」

思わぬ名、ではないか。バルムンクとは少なからぬ因縁を持っている。バルムンク侯爵は俺の主人であるアリアローゼの命を狙うものであったし、政敵でもある。さらにいえば俺の父親であるエスタークの盟友ともいえる存在だった。

「そうか、君はバルムンク侯爵の娘なのか。侯爵には息子が何人かいると聞いていたが」

バルムンク侯爵は個人的武勇もだが、政治家としても優秀な人物として知られている（王家に対する忠誠心は別にして）。しかし、その息子はバルムンクの血筋を疑いたくなるほど不出来であることで有名だった。しかし、娘がいるとは。――と思っていると彼女はこう言い放つ。

「我は妾《めかけ》の子だ。おまえと同じ落とし子」

「なるほど、嫡出じゃないのか」

非婚外子、非嫡出子、落胤《らくいん》、言い方は無数にあるが、要は正式な妻との間以外に出来た子を「落とし子」と呼ぶ風習がこの世界にはある。

「おまえも落とし子なのか。同じ境遇だな」

「だからって仲良くなど出来ないがな」

「ああ、分かってるさ。しかし、この魔剣グラムについては説明してくれるんだろう?」

「もちろんだ。その神剣は我がバルムンク家が所有するものだ。すみやかに返却しろ」

「この剣はヴォルグから奪ったものだ、それは認めるが、仮にもしこの剣の正当な所有者がバルムンク家だとしたら王女暗殺未遂にバルムンク家が関わっていることになるが」

「我がバルムンク家は王国開闢《かいびゃく》以来の家柄だ。王家に対する忠節はどの家よりも篤《あつ》い」

「世間の評判とは真逆だな」

「無責任な世人の世迷《よま》い言《ごと》など!」

彼女自身、父の風説は知っているようで、迷いを振り払うかのように大剣を振るう。

「魔剣グラムは何とかという一般生《エコノミー》が我が家から盗み出したものと聞いている。恐れ多くも王女暗殺の凶器としたらしい」

「なにも聞かされていないのだな」

「なに!」

「いや、いいさ。真実を知ることが幸福に結びつくわけではない」

「なんとでも言え。魔剣グラムの所有権は我がバルムンク家にある」

「そうかもしれないが、バルムンク家から返還要求は来ていないぞ」

「それは……」

ぐ、っという表情をする赤髪の少女。どうやら魔剣奪還は彼女が個人的に動いているようだ。父バルムンクとしては神剣の一本や二本、気に掛けてすらいないのだろう。それに下手に藪《やぶ》を突《つつ》いて王女暗殺未遂の関与が判明しても困ると思っているのだと思われる。冷静に物事を判断できるというか、老獪《ろうかい》な男だ。

しかし、その娘の赤髪の少女は違うようで、私情丸出しの発言をする。

「たとえ父上が要求しなくてもその神剣が我が家のものであることに変わりはない。それは将来、我が受け継ぐ予定のもの。返せ」

「なるほど、つまり魔剣グラムを自分のものにしたいというわけか」

その通り、と言う代わりに殺意の籠もった一撃をもらう。ずしりと重い一撃を件《くだん》の魔剣グラムで受ける。

「な、片手で我が大剣を受けるだと。貴様の膂力《りょりょく》は化け物か」

「まさか、俺は普通の人間だよ。片手で受けられるのはグラムのおかげさ」

「ますます欲しくなるな。返せ！」

「猫の子じゃあるまいし」

神剣と人妻は簡単に貸し借りできない、そのように伝えて所有権の譲渡を拒む。すると赤髪の少女の髪が逆立つ。怒髪天を衝くとはこのことである。

殺意と悪意を込めた斬撃が無数に飛んでくる。

「見事な剣捌《さば》きだな」

「我は騎士科中等部の特待生《エルダー》だ」

「その中でも特別だろう」

「ああ、我は最近、栄えある十傑に選出された」

「十傑か」

この王立学院は下等生《レッサー》、一般生《エコノミー》、特待生《エルダー》と能力別でランク付けされている。クラス運営こそ混合で行われるが、生徒間の格差、色分けは如実《にょじつ》にされていた。

下等生《レッサー》は下等生《レッサー》同士でつるみ、特待生《エルダー》は特待生《エルダー》同士で連帯する。それが通例というか常識になっていたので、特待生《エルダー》との繋《つな》がりは薄かった。

知っている特待生《エルダー》は妹のエレンと名誉特待生《エルダー》のアリアローゼくらいなので十傑と言われてもピンとこない。

赤髪の少女もそれを察しているのだろう。呆《あき》れながらも十傑について説明してくれた。

「この学院には十傑と呼ばれる英傑が一〇人いる」

「その全員が特待生《エルダー》なんだよな。たしか学院の中でも相当の実力者で、神剣を持つものもいるとか。エリートの中のエリート様と聞いているが」

「ああ、十傑は優れた英雄の素質を持つ生徒のみが名乗れる名誉ある称号だからな。だから全員、特待生《エルダー》だ」

「優秀ならば特待生《エルダー》になってるはず、という理論か」

「そうだ」

「とんだ権威主義だな」

「なんだと⁉」

俺の言葉に激しく反発する赤髪の少女。

「そうじゃないか。個人の素質ではなく、肩書きで人を判断するなど」

「我は肩書きで選ばれたのではない。優れているから選ばれたのだ」

「中には階級に興味がなく、あえて下等生《レッサー》で留《とど》まっている生徒もいるかもしれないぞ」

「そんなものはいない！　下等生《レッサー》は下等生《レッサー》だからその地位に甘えているんだ！」

「姿形はともかく、考え方は父親そっくりだな。選民思想の塊だ」

「優れたものには民を導く義務がある」

「貴きものの義務《ノブレス・オブ・リージュ》か、古くさい」

俺の皮肉にまったく応えた様子がない。彼女の中では〝適者生存〟〝優良人種思想〟を煮詰めたバルムンク的な生き方が正義なのだろう。

貴族とはそういうものなのでいまさら驚きもしなかった。俺の義母や兄たちとさぞ話が合うだろう、そのように纏《まと》めると彼女との会話を切り上げるための準備をする。

といっても彼女を改心させる言葉を用意するのではない。言葉ではなく、行動で彼女の信念に掣肘《せいちゅう》を加えたかった。

具体的になにをするのかといえば、武力によって彼女の蒙《もう》を啓《ひら》くのだ。彼女は特待生《エルダー》であることに自負を持っているようだ。また下等生《レッサー》を無能とさげすんでいる。

俺はその間違った認識を〝これ〟で改めさせる。間断なく大剣で連撃を加えてくる赤髪の少女、彼女の攻撃はすべて魔剣グラムと聖剣ティルフィングでいなしてきたが、あえてそれらをしまう。

右手の聖剣が光り輝く。

『ちょ、お、おい、リヒト、なにする気さ！』

「おまえたちを鞘《さや》に収めるだけだ」

『君って自殺願望あるの？　あの大剣の猛攻を素手で受ける気？』

「まさか、そこまで酔狂じゃないさ。これを使う」

俺は懐《ふところ》に隠している短剣《ダガー》を取り出す。

『ちょ、それもほぼ同じじゃん！』

「違う。これはれっきとした金属だよ。あの大剣と同じ材質だ」

『大きさが違いすぎる』

たしかに赤髪の少女の大剣は彼女の身の丈ほどあり、俺の短剣は小枝のようにか細い。

しかし、この短剣は俺が幼き頃より愛用している業物だった。

「これで巨大熊《グリズリー》の皮膚を斬り裂いたこともある。心配は無用だ」

『あの大剣はグリズリーより厄介だと思うけど』

「だからだよ。あの立派な大剣をこの小物で返り討ちにすれば厭《いや》でも気がつくだろう。自分が井《い》の中《なか》の蛙《かわず》であると」

『そりゃそうだろうけどさ』

それでも不平満載のティルフィング。それを制するのは相棒である魔剣グラムだった。

『ティルよ、心配は無用だ。リヒト殿は最強不敗の神剣使い、我らの助力なしでもこの場を収めるはず』

『ワタシより付き合いが短いくせに知った風な口をきくのが気に入らない』

ぷすー、と口を曲げるティル。

『だからこそだ。我は何十年もバルムンク家の宝物庫で眠っていた。その間、多くの手練《てだ》れを見てきたが、我が身を預けられる逸材と出逢《であ》うことはなかった』

『あの娘を含めて？』

『そうだ。バルムンクですら不服だと思っていたからな。しかし、やつらに強制的にかり出されてリヒト殿と出逢ったとき、我は天啓を得た。このものこそ我の主《あるじ》になる人物であると。この世界に調和と平穏をもたらす人物であると』

「買いかぶりすぎだ」

『いや、貴殿は過小評価されすぎだ。世間はまだその価値に気づいていないだけ。しかし、いつかその価値に気がつき、助力を求められる日がくるであろう。そのとき、我はおまえのそばにいたい。おまえの左手に握られ、共に戦っていたい』

「…………」

魔剣グラムの真剣な思いを感じ取る。無機質である剣の心意気を感じ取るなど、奇異な光景であったが、自嘲する気にはならなかった。それはティルも同じようでそれ以上文句を言うことなく、茶化すことはなかった。

『あとからしゃしゃり出てきた剣に正妻の座を奪われるわけにはいかないからね』

そのような論法で同心してくれる。俺は彼ら彼女らの気持ちに感じ入りながら、集中する。短剣で大剣を跳ね返す、言葉にするはたやすいが、実行するのは骨が折れる作業なのだ。

（……剣たちの前では余裕ぶったが、少しでもし損じれば死ぬ）

赤髪の少女の大剣はおそらくダマスカス鋼。その腕前も特待生十傑《エルダー》に恥じぬものだった。わずかでも手順を間違えれば俺の首は飛ぶ。そのような覚悟の下、呪文を詠唱し始める。

それを見た赤髪の少女は剣圧を強める。

「無駄だ。呪文を唱えさせる隙など与えない」

「なるほど、俺が一流の魔術師だと分かっているのか」

「ああ、あたしは魔法が苦手だからな。その分、小賢《こざか》しい手法を使うやつは匂いで見抜ける。様々な魔術師と戦ってきたが、おまえのような手合いに時間を与えてはいけない」

「たしかにこのような圧を掛けられては呪文を掛ける暇がない」

「これでその短剣に魔法を付加する時間もあるまい。つまりその短剣では絶対、勝てないということだ」

「それはどうかな」

そのように漏らすと俺は勝負を決めに行く。魔法剣を諦め、抜き身で勝負することにしたのだ。

「馬鹿な、自殺する気か」

「前者は認めるが、後者は否定する」

そのように言うと短剣を下段に構える。

「しかも短剣の利点である小回りを捨てた戦法を取るとは。笑止」

赤髪の少女は勝利の笑みを漏らすが、その笑みは永続しなかった。すぐに氷結する。大剣を振り下ろす赤髪の少女、刹那の速度で振り下ろされる大剣を平然とかわす。そこまでは武芸が達者なものならば誰でも出来るだろうが、俺はさらにその上を行く。

その後に続く少女の必殺の一撃、

「赤龍の咆哮《ほうこう》」

さえもかわしたのだ。

赤い巨竜が暴れ回っているような一撃さえ、俺には通じなかった。

通常、剣をかわすときは安全の〝マージン〟を取る。物語のように紙一重でかわすのは愚か者のすることであった。しかし、俺はあえてその禁を破り、紙一重でかわす。実力差を見せつけるということもあるが、そちらのほうがより攻撃的な動作に移行しやすいのだ。

言葉にするのはたやすいが、これほどの質量のものが皮膚の横をすり抜けるのは恐怖心を感じる。剣圧と風圧を計算に入れなければ俺の頭はザクロのように木《こ》っ端微塵《ばみじん》になっていたことだろう。だが少女の挙動、癖、風圧、天候さえ計算に入れていた俺は薄皮一枚で避けることに成功した。

それだけでも少女は驚愕《きょうがく》するのに、俺は流れるような動作で反撃を加える。少女の大剣を這《は》うようにして短剣を振り上げるとダマスカス鋼を斬り裂く。同じダマスカス鋼の剣であるが、質量が違いすぎる。この小枝のような短剣では大剣を破壊することは不可能であったが、俺が求めるものはそんなことではなかった。

少女は俺の反撃を予想し、短剣を避ける態勢を整えていた。武芸の達人である彼女にこの短剣は届かないだろう。──〝普通〟の方法では。

だから俺は小細工を弄したのだ。

ダマスカス鋼同士が触れ合うと強烈な摩擦反応が生まれる。

金属同士を反発させ、火花を発生させる。

そう、この〝火花〟こそが俺の策であった。

溶接をするかのように発生する火花、細かな金属の粒子が赤髪の少女に降りかかる。

この世界の獣は火を恐れる。二本足の獣である人間も例外ではなかった。

突如、目の前に大量の火の粉が降りかかってきた少女は動揺する。攻撃力こそ皆無だったが、火を恐れてしまったのだ。

――それが彼女の敗因だった。

「……っく、火花ごときに」

「卑下する必要はない。人も獣、火を恐れる本能がある」

恐怖を感じたことにより、彼女の回避動作は大幅に修正された。

そして俺は修正後の軌道を完璧に予測していた。

俺の短剣が彼女の首元に届くのは必然であった。

計算し尽くした上で、彼女に短剣を突き立てたのである。

赤髪の少女は武芸の達人、計算し尽くされた俺の行動の凄《すさ》まじさを肌で感じたのだろう。うなだれながらも「我の負けだ」と大剣を離し、敗北を認めた。

その姿を見て少しだけ「ほう」と感心してしまう。バルムンクの娘だと聞いていたから諦めの悪い小悪党タイプかと思ったが、実はなかなかに潔《いさぎよ》い性格をしていると思ったのだ。武道を極めようとするもの独特の清涼感すら抱かせる。

俺は思わず、彼女の名を尋ねてしまう。

「名はなんというのだ？」

この少女との出逢いに特別なものを感じてしまったのだ。

それは赤髪の少女も同じらしく、反発するでもてらうでもなく、自分の名を名乗ってくれた。

「我が名はバルムンク――、システィーナ・バルムンク」

「苦虫をかみつぶしたかのように姓名を名乗るのな」

「フォンを名乗れないのは屈辱だ」

「なるほど、貴族に憧れを持っているのか」

「わたしはただ、バルムンク家の一員として認められたいだけだ！」

なるほど、だから俺に突っかかるし、魔剣グラムに執着するのか。合点《がてん》がいった。平然とエスタークの名を捨てた俺を忌々《いまいま》しく思っているようだ。

「……まあ、気持ちは分からないでもないが」

落とし子というものは古今東西肩身が狭いもの。家宝ともいえる神剣を継承できる可能性は低い。彼女は神剣を正式に譲り受け、バルムンク家の中での立場をたしかなものにしたいようだ。

(――俺とは正反対の生き方だな)

俺も落とし子として育てられたが、もはやエスターク家にはなんの未練もなかった。今さら父や兄たちの歓心を買って家での立場を良くしようなどの発想はないのだ。しかし、彼女にとってバルムンク家はすべてのようで――。

戦いに負けたあとの彼女の悔しそうな表情が脳裏から離れない。

（——わざと負けてやればこの娘は喜んだのだろうか）

そのようにせんないことを思っていると、少女は言う。

「見事な剣技だ。おまえの技は特待生十傑《エルダー》の上位陣と比肩《ひけん》するだろう」

「たまたまだ」

「決闘を挑んで負けたのだからなにをされても文句は言えない。殺せ」

「たしかにこの国では決闘中の死は殺人に問えないしな。しかし、決闘はもう終わった」

「命を助けるというのか」

「そんなたいそうなものじゃない。戦いの後に血を見るのは厭なだけさ」

そう言って短剣を鞘《さや》に収めるが、システィーナは納得しない。

「こちらから決闘を挑んだ上にそのような慈悲を掛けられたのでは戦士の名折れだ。そうだ、おまえは男だろう。あたしの身体《からだ》を好きにするがよい」

「………」

意味不明な言葉に思わず言葉を失ってしまうが、システィーナは制服の上着を脱ぎ始める。脱いだそばから綺麗《きれい》に畳むのは育ちの良さが出ていたが、そんなことは問題ではなかった。

「あほなことをするな」

「あたしは決闘に負けんだ。手込めにされても文句は言えない」

「俺を下衆《げす》な盗賊と一緒くたにするな」

「男は皆、獣であるとメイドにならったぞ」

「どんな思想の偏ったメイドなんだ。……まあいい。ともかく、服を脱ぐな」

ブラウスのボタンをほどいていたシスティーナに制服の上着を着せると、彼女の胸元を見ないようにしながら諭す。

「本当にいいのか？」

システィーナは制服を開き、胸を強調するが、どんなに誘惑されても屈することはなかった。彼女は変わった男だな、と漏らすが、感謝したり、心を許すようなことはなかった。

「このことは貸しだなどとは思わぬ。むしろおまえの甘さだと思っている」

「自分でもそう思うよ」

「しかし、慈悲を受けたのは事実、この恩はいつか返す。それに闇討ちもしない」

「それもありがたい。寮生だから朝駆けや夜討ちされると肩身が狭いんだ」

「ただ、剣を取り戻すまで何度だって戦いを挑むぞ」

「ああ、俺も自分を鍛え続ける。互いに剣の道を究められるといいな」

「――それまではこの大剣があたしの相棒だ」

彼女は大剣を握り直すと、それを背中にくくりつけ、立ち去っていく。

未練がまるでないような足取りだったが、聖剣ティルフィングいわく、リヒト・フラグが立ったらしい。それを証拠に建物の陰に入ったら顔だけチラリと出してこちらを確認するよ、とのことだった。

事実、彼女は最後に顔だけひょこっと出してこちらを見つめてくる。俺はそれに気がつかないふりをしながら、決闘の後始末をした。

†

このように忙《せわ》しない学院生活を送っていたが、なんだかんだで充足していた。

エスタークの城にいた頃は家族たちから逃れるように孤独な日々を過ごしてきた。少なくともこの学院では誰かの顔色を見て過ごさなくていい分、快適であった。

「暗殺の日々に怯《おび》えるよりも、女子生徒に追い回されたり、決闘を申し込まれる方が何倍もいい」

ちなみにあれから何度も決闘を行った。システィーナが懲りずに挑んできたということもあるが、他の男子生徒も俺の存在が目障《めざわ》りらしく、何度も挑まれた。酷《ひど》いときには早朝、昼休み、放課後、深夜、と日に四回も行ったことがある。

聖剣ティルフィング曰《いわ》く、

『リヒト、リヒト、雨、リヒト、雨、雨、リヒト、雨、リヒトだね』

とのことだった。

意味が分からないが、まあ、それだけ稼働《かどう》過多ということだろう。

その姿を見て主《あるじ》であるアリアローゼは心配の言葉をくれる。

「リヒト様は他人に求められすぎます。そしてそれに真面目に応えてしまう側面も。どうかご自愛ください」

メイドのマリーも参戦する。

「そうよ、そうよ。女子生徒の手紙はちゃんと返信するし、横恋慕した男子生徒にもきっちり対応するし、このままじゃいくつ身があっても足りないわよ」

「…………」

ぐうの音も出ないので反論できなかったが、今後は要領よく立ち回ることを誓う。彼女たちは心許《こころもと》なさそうな表情で「できるのかしら」という台詞《せりふ》を漏らす。このままではリヒト君を題材《テーマ》にした学級裁判が開かれそうなので、話題をそらすことにした。

「やっとこの学院にもなれてきたが、この学院の生徒は向上心に溢《あふ》れているな。野心的なものも多い」

「そりゃそうでしょ。この学院は王国中から優秀な生徒を集めた教育機関。そのモチベーションは高いわ」

マリーはえっへんと説明してくれる。

アリアが笑顔で補足する。

「貴族も平民も身分にとらわれず学ぶことが出来、優秀な成績を修めれば将来が約束されます。皆、熱心に勉強に励むのでしょう」

「目の前に人参《にんじん》がぶら下げられているということか」

「有り体に言ってしまえば」

「それに生徒のモチベーションを保つため、この学院はイベントにも力を入れています」

「そうみたいだな。文化祭に体育祭なんかもある」

「はい。それだけでなく、定期的に武闘大会なども開かれています」

「武闘大会？」

「はい。王立学院は学究の場であると同時に、即戦力の人材を作り上げる場でもあります。この学院を卒業したものは士官候補として軍隊に入隊できますし、近衛《このえ》騎士団に入団するものや上級冒険者になるものもいます」

「学生のときから実戦経験を養う、ということですか」

「その通りです。ちなみに直近のスケジュールですと――」

アリアの手に引かれ、廊下にある掲示板に向かう。そこには催し物のスケジュールが書かれていた。毎月のようにイベントがあるが、そのイベントだけは太枠で目立つように書かれていた。

「剣爛《けんらん》武闘祭デュオ」

奇妙な言葉を口にする。踊りなのか武闘なのか、よく分からない響きである。その様子を観察していたアリアローゼはくすくすと笑う。

「たしかに舞踏なのか、武闘なのか、紛らわしいですよね。でも、ご安心ください。ダンスのお祭りは別枠でありますから」

「となると武術の祭りなのか、これは」

「はい。先ほども触れましたが、この学院の生徒は即戦力を求められます。ゆえに常に生徒同士を切磋琢磨《せっさたくま》させている」

「授業の一環なのか？」

「いえ、あくまでもこれは余興です。高等部の生徒は参加できませんし、それに剣爛武闘祭での勝敗は成績に関係しない――ということになっています」

「建前上というやつか」

「ですね。この大会は伝統と格式に彩《いろど》られています。代々の優勝者はこの国の中枢で活躍しています。騎士団長に元帥様」

「出世への登竜門で、身分や学院内での階級に関係なく、門戸を開かれているということか」

「左様です」

「まあ、優秀なものだから優勝するのかしれないが」

「そうですね。剣爛武闘祭は伝統ある武闘祭のひとつ、王立学院の威信を懸けて行っています。不正の入り込む余地は少ないでしょう」

「ひとつということはほかにもあるのか？」

「はい。剣爛武闘祭はその名の通り〝剣〟を主体とした接近戦が得意なもののための武闘祭です。魔術師が参加できないわけではないですが、レギュレーション上、不利になっています」

「なるほど。ま、この国は魔術の王国だしな、近接戦に特化した武闘祭があってもいいか」

「はい。ただ、歴代の優勝者は魔法剣士が多いですね。優勝者の統計を取ると魔法剣士科の特待生《エルダー》が突出しています」

「だろうな」

「はい、というか、ここ十年、優勝者はすべて特待生《エルダー》十傑です」

「さすがだ」

「その十傑を軽くあしらったあんたが言うと皮肉にしか聞こえないけど」

マリーは呆《あき》れるが、反論はしない。先日の勝負も俺が圧勝したように見えるが、システィーナは決して弱くはなかった。何本か勝負をすれば俺が後れを取ることもあるだろう。

彼女は剣士タイプであるし、次の戦いのときは前回の敗北を学習してくるはず。容易に勝つことは出来ないだろう。

「しかしまあ、どのような伝統があろうと俺には関係ないが」

「超他人事《ひとごと》ね」

マリーは呆れる。

「そりゃ、参加しないからな」

「はあ？　まじで」

「まじで」

彼女の口調に合わせる。

「剣爛武闘祭で優勝すれば将来は約束されるのよ」

「自分の将来は自分で切り開くさ」

「立派なご意見だけどさ、自分の価値を他人に認めてもらおう、って気持ちはないわけ？」

「ないね」

「自分の価値は自分だけが知っていればいいってこと？」

「自分に価値があると思っていないだけさ。だから他人に認めてもらおうだなんて思わない」

「ここまで自己肯定感と承認欲求ない人間も珍しいわ」

「世の中広いからな。俺みたいな人間もいるのさ」

俺は大貴族の落とし子として生まれた。幼き頃に母を亡《な》くし、義母や兄たちに疎《うと》まれてきた。もしも彼らの前で実力を見せて仕舞えば幼き頃に殺されていただろう。俺は必然的に己の才能を隠さねばならなかったのだ。

韜晦《とうかい》する生き方を選ばざるを得なかった俺に自己承認欲求など皆無であった。

同じような人生を歩んできた姫様は俺の気持ちがよくわかるのだろう。マリーのように無理強いはしなかった。

「リヒト様の実力を学院中に認めさせるいい機会だとは思いますが、参加される必要はないでしょう」

そう纏《まと》めると、以後、武闘祭の話はしなかった。マリーも主人の意向に逆らう気はないようで、

「ま、リヒトの本業は護衛だしね」

とメイドとしての業務に戻っていった。

このようにして学院生活は穏やかに進み、剣爛武闘祭も〝俺〟抜きで滞りなく行われずであったが、それを望まぬものもいた。そのものたちの過半は悪意に溢れていたのだが、うちひとりは善意の塊であり、俺の実力が世間に認められることを切に願っていた。そして剣爛武闘祭の優勝者に贈られる特典を心の底から欲《ほっ》していた。

リヒト・アイスヒルクの剣爛武闘祭出場を切に願っている人物が幾人もいた。彼の実力が過小評価されていると知っているものは等しく、武闘祭への参加を望んだ。具体名を挙げてしまえばそれは彼の妹、エレン・フォン・エスタークなのだが、彼女と同じくらい参加を望んでいるものがもうひとりいた。

そのものはリヒトの評判よりも、実力を評価していた。〝とある〟計画の実験体として

リヒトの実力を欲していたのだ。

ランセル・フォン・バルムンクはワイングラスを片手に禿頭《とくとう》の執事ハンスに語りかける。

「計画は滞りなく進行しているな。さすがだな」

ハンスにねぎらいの言葉を述べる。

「はは、もったいないお言葉」

深々と頭を下げるが、禿頭の執事は主の功績を語ることを忘れなかった。

「此度《こたび》の計画、すべてはランセル様の遠大にして緻密な計画があってこそです。わたくしはなにもしておりません」

追従ではなく、事実だったのでバルムンクはなにもいわずに話を進める。

「実験体は完成した。あとは実戦に投入するだけだ」

「しかし、なぜ、剣爛武闘祭に出場させるのですか」

「あの大会は実験体の投入に最適だ。実験体は〝ふたつ〟で〝ひとつ〟だからな」

人の形をしたものを〝ふたり〟とは言わないところにバルムンクの冷酷さがにじみ出ていた。執事が指摘することはないが。

「それに剣爛武闘祭にはあの少年が出場する」

「断言なさいますな」

「やつの境遇は調べ済みだ。出ざるを得ない」

「あの少年ならば実験体とも渡り合えるかもしれません」

「そういうことだ。あのリヒトという少年、我が家伝来の神剣の信を得、おれの召喚した古代の悪魔を滅ぼした。その実力は果てしない」

「おそらくは学院最強かと思われます」

「そうだ。最強にして不敗の神剣使いだ。実験体の試運転としてはこれ以上ない逸材だろう」

「御意。たしかにその通りでございます」

肯定する執事だが、彼の主《あるじ》は執事の中にある「否定」を見逃さなかった。

「不服があるようだな」

「恐れながら」

「言え、おれとおまえに遠慮などいらない」

ならば、と執事は忌憚《きたん》ない意見を述べる。

「ランセル様があのリヒトという少年を高く評価するのは理解しておりますし、事実、あの少年は学院最強でしょう。しかし、ランセル様が固執するほどの個性ではないかと」

「おまえはそう思うか」

「は――。実験体はこの世で最も禍々《まがまが》しく強力です。試運転をするのは構いませんが、その栄誉をたかが学院生徒に担《にな》わせるなどよろしいので？」

「荷が重いか。おれはそうは思わないが」

実験体である〝究極生物兵器〟はその名の通り究極。あらゆる生物の長所を持ち、殺戮《さつりく》に特化させた虐殺兵器だ。並の騎士団ならば一時間で駆逐できるほどの力がある。しかし、バルムンクはあの少年〝も〟同様の戦力を保持していると知っていた。彼がさらに神剣を使いこなすようになれば騎士団などいくつでも壊滅できる〝力〟を持つようになるだろう。

まだその〝真価〟は解放できていないようだが、その進化を解き放つ手助けくらいはしてやるつもりだった。

最強不敗の神剣使いに成長をさせた上、力でねじ伏せる。それが戦士バルムンクとしての望みだった。その計画を話すとハンスは主が謀略家である以前に戦士であると再確認する。

それは仕方ないことであったので、これ以上の反論はしなかったが、執事は謀略家としての主に質問をする。

「ランセル様の意志は理解できましたが、あの少年が進化を遂げる前に倒れたらどうするのです？　究極兵器は最強の生物兵器です。それに剣爛武闘祭は子供の祭りではない。途中、実力者に敗れ、死を遂げることもありうるでしょう」

「なるほど、それはたしかにそうだ。武闘祭には我が娘、システィーナも出るしな」

あれは女に生まれたのが惜しいほどの傑物だ、と、つぶやく。

「しかしまあ、途中で敗れるにしろ、おれの望み通りの結果になろうがなるまいが、どうでもいい。もしもあの少年がそこで力尽きるのならばそれまでの人物だったということ」

「政敵の有力な手駒が死ぬだけ、ということですか」

「そうだ。あの少年がいなければアリアローゼ陣営など容易にひねり潰せる」

「たしかに。卵の殻を砕くよりも容易でしょう」

「そういうことだ。つまり、どのような結末になってもおれとしては愉快なだけだ」

しかし、願わくは、と続けるバルムンク。

「我が半身ともいえるこの神剣バルムンクが真の力を発揮する舞台に立ってみたいものだ」

自身と同じ名を持つ神剣を抜き放つと未《いま》だ見ぬ強敵を夢見る。

怪しくきらめく刀身に映るは見慣れた自身の顔と、将来、剣を交えるべき少年の顔だった。

相も変わらずリヒトに固執する主を見る執事。過大評価が過ぎる、という主張をやめない執事であったが、それは虚実であった。

リヒト・アイスヒルクの実力をハンスは知っていた。

（あのものはシスティーナを弄ぶほどの実力者だ）

魔人アサグを倒したのもまぐれではないだろう。魔法剣士としての才能は父であるエスタークク伯爵に匹敵するものがあるかもしれない。

それは調査によって確認していたが、だからこそ主に固執してほしくなかった。

（ランセル様のたぎる気持ちを邪魔することになるが、主を護るのも執事の務め……）

執事は忠臣としての責務をまっとうするための計画を練り始めた。

ラトクルス王国内にある、とある実験場、そこに罪人が集められていた。
王国に反逆を企てたテロリスト、
婦女を暴行した悪党、
商人宅に押し入った無頼漢、
集められた罪人の共通点は、皆、武力に秀《ひい》でているということだった。
彼らを集めた理由は究極にして最強の兵器の実験であった。

罪人たちには究極生物兵器を破壊せよ、と明示してある。

もしも破壊に成功すれば〝恩赦〟を与えるとも。

己の武力に自信がある罪人たちは願ったり叶《かな》ったりと実験を受け入れる。

まさか自分たちがものの三分で全滅するとは夢にも思っていなかったようだ。

集められた罪人は一〇〇名、皆、極悪人ではあるが、その腕前はひとりひとりが騎士クラスであった。

そんな無頼漢どもをものの三分で全滅させるとは尋常ならざる事態であった。

罪人たちの喉を斬り裂き、はらわたをえぐり出す少年、

「ぐはッ!」

罪人たちの頭を潰し、一物《いちもつ》を切り取る少女、

「ぐぎゃあッ」

彼らは人の形をした〝化け物〟であった。

「物足りないわね」

「そうだね」

無機質の人形たちはそのように言うと、最後の罪人を虫けらでも殺すかのように始末した。

慈悲のかけらも感じさせないその所業に、生物兵器の若手研究員は嘔吐感《おうとかん》を催した。否《いな》、盛大に吐き出した。

彼の上司はそんな若手の背中をさすると、このように言い放つ。

「この程度で参っていたらバルムンク様のもとではやっていけないぞ」

「し、しかし、これはあまりにも残忍。非人道的な実験です」

「罪人は生前、このような残虐行為を罪のない人間に行っていた。このような報いを受けても仕方ない。それに実験内容はあらかじめ説明した」

「絶対に勝てないこともですか？」

「まさか、参加者を減らすようなことは言わない」

平然と言い放つ白衣の上司。

「しかし、絶対に勝てないとは言い切れない。いや、〝プロトタイプ〟にはつけいる隙がある」

白衣の上司はそう言い放つと、あらためて〝二体〟の暴君候補を見つめる。

「たとえばだが――」

白衣の上司はそう前置きすると、ひとつの戦略を話す。

「プロトタイプは不完全だ。五分以上の戦闘は継続できない」

「五分……」

若手研究員がそう漏らすと二体の人形の肌が崩れていく。

ぼとり、と目玉が地に落ちる。

「……あれ」

少年の姿をした化け物は首をかしげると、首まで地面に落ちる。

それを淡々と見つめていた少女の身体《からだ》も崩れ落ち始める。

「こういうことだ。あいつらはまだプロトタイプなんだ」

白衣を着た上司は残念そうにそう言うとこのように纏《まと》める。

「しかし、現在、開発中の〇〇六は出来がいい。あいつらならば稼働《かどう》時間という足かせもなくなる。そのときこそ究極生物兵器の誕生だ」

「究極の生き物を生み出してなにをするのです」

「それはバルムンク様が決めること。我々は黙って研究を続ければいいのさ」

白衣の上司はそう言い切ると、若手を元気づけるために食事に誘う。

この光景を見たあとで肉を食べようと提案する上司。若手は（……この男も狂っている）と思ったが、口にはしなかった。

第三章

魂を分かつもの

†

兄であるリヒト・アイスヒルクは剣を構える。

エレン・フォン・エスタークを攫《さら》いにきた暗黒大将軍を打ち倒すために。

兄は雄々しく剣を構えると、

「妹には指一本触れさせない！」

そのように叫び、神剣で暗黒大将軍を一刀両断する。

暗黒大将軍は「ぐああ」と心臓を押さえながら、

「なんという力、これは妹を思う気持ちから発しているのか」

とくずおれる。

「そうだ。妹を愛するこの気持ちがどこまでも俺を強くする！」

「く、俺は愛に負けたということか。ならば仕方ない。リヒト・アイスヒルクよ。その生き方をどこまでも貫くがよい。愛に殉じ、愛に死ぬのだ」

そのように言い残すと暗黒大将軍は地獄の底に沈んでいく。

兄はその姿を見届けると、気を失っていたエレンを抱きかかえる。

「エレン、無事か？」

兄の言葉と体温によって目覚める。薄目を開けて最初に飛び込んできたのはこの世で最も格好良く、美しい青年だった。

「……リヒト兄上様、私……どうしてここに……」

「その美しさに目がくらんだ暗黒大将軍にさらわれたんだ。でも大丈夫、やつは俺が討ち果たした」

「まあ」

「そして気がついた。おまえがなによりも大切だと。おまえを愛しているのだと」

「夢みたいです」

「夢だけどな」

リヒトはぼそりと言う。エレンも薄々感づいていたが、「こほん」と咳払《せきばら》いをすると物語を続ける。

「――嬉《うれ》しい。兄上様」

「ああ、俺も真実の愛を見つけられてよかった。あのさ、エレン」

「なんですか？」

「真実の愛をもっと感じたいんだ。キスをしてもいいか？」

「もちろんですわ」

ユア・ウェルカム！　ばっちこーい！　と言わんばかりに手を広げると、タコのような唇になり、兄と接吻《せっぷん》をかわす。

兄は力強い腕で妹を抱きしめ、妹は桃源郷に誘われる。やがて兄の手は妹の下腹部に伸びるのだが、これ以上詳細を描くと発行禁止の処分を受けそうなので割愛する。ただ、エレンは夢見心地で目覚め、最高の朝を迎えたと補足しておく。お気に入りのテディベアを蟹《かに》挟みしながら目覚めたエレンは決意する。

「──なんという素晴らしい夢だったのでしょう。これは正夢にしなければ」

優しい朝の陽光の中、エレンは決意を新たにすると、衣服を脱ぐ。

朝日にさらされる裸身、いつかこの姿を〝妻として〟兄に見せる日がくることを願いながら、エレンはチェストの上に置かれた〝婚姻届と同じくらい重要な用紙〟を握りしめる。


今日も特待生《エルダー》の寮に行く。

そこで待ち構えるは麗しの主《あるじ》とメイドさん。彼女たちは時間に正確だ。時折、マリーの化粧遅延が発生することがあったが、それ以外は一秒違《たが》わず出迎えてくれる。

主の生真面目さを心の中で賞賛すると、彼女たちを学院に送り届けようとするが、そこに黒い影が。人なつこい大型犬を思わせる動作で俺の胸に飛び込んでくるのは妹のエレンだった。

　エレンは挨拶もそこそこに俺の前に「剣爛《けんらん》武闘祭」のチラシを突きつける。

「リヒト兄上様、この大会に出てくださいまし」

「厭《いや》だよ」

　即答する俺、落胆する妹。

「なぜです。兄上様が出れば優勝間違いないです」

「目立つのは嫌いだ。護衛の任務に差《さ》し障《さわ》る」

「前者のほうが主な理由ね」

　マリーは吐息を漏らすとエレンに告げる。

「無駄よ、エレン。あなたの兄上様が強情なことはあなたが一番知っているでしょう」

「――く、でもっ」

　エレンはそう言うと、チラシの一部分を指さす。

「剣爛武闘祭の優勝者には潤沢な奨学金が授与されるんです」

「学費には困っていない。スポンサーは王女様だから」

「兄上様らしくない。王女様の負担を減らせますよ」

「なかなかにいい攻め方だけど、優勝者の奨学金は王家から出るから実質、同じなのよね」

マリーの正論をきっと睨《にら》み付ける。マリーは「おお、怖っ」と怖がるふりをする。

「この論法が通じないのであれば、これは？」

エレンは他の項目を見せつける。

「優勝者は後夜祭として行われる舞踏祭で代表してダンスを披露できる、か」

俺が読み上げると、エレンは「こくこく」とうなずく。

「これって罰ゲームなんじゃ。俺は人前でダンスなどしたくない」

「大丈夫です。私が一〇人分したいですから」

「なんでそこまで」

「この後夜祭で踊ったペアは、必ず幸せになっているからです。恋人同士として結ばれ、九〇パーセント結婚するそうです」

「異性の場合は、そして兄妹《きょうだい》は例外だろう」

「ここで私と兄上様が結婚すれば、兄妹の婚姻率一〇〇パーセントを目指せます」

「そんなにしたいのならばひとりで参加すればいいじゃないか。優勝はおまえだよ。優勝したら素敵な同級生でも誘え」

「それこそ罰ゲームです。いえ、拷問」

「面倒くさい娘だな」

「なんとでもおっしゃってください。それにこの剣爛武闘祭デュオは、ふたり一組でしかエントリーできないのです」

「そうなのか」

「そんなことも知らなかったのですか」

「興味ゼロで、参加するつもりもなかったから」

「そうなのです。デュオとは音楽用語で二人組を意味します」

「なるほどね。世にも珍しい二人組の武闘大会なわけか」

「はい。まさしく私と兄上様が出場するために天が差配してくださったのでしょう」

「そうは思わないが……」

呆《あき》れ気味に言うと、俺は歩き始める。

「いずこに？」

「アリアを送り届けなければ」

ここで問答をしてアリアを遅刻させたら申し訳ない。俺の任務は彼女の護衛であるが、その次に大切な任務は彼女に平穏な日常を提供することであった。アリアは申し訳なさそうに俺の後ろを歩く。妹は「待ってくださいまし～」と未練がましく付いてきた。

その後、妹はストーカーのように俺につきまとう。

彼女はクラスが違うというのに授業が始まるまで俺の隣を占領し、勧誘する。

休み時間になるたびにやってきて勧誘する。

男子トイレの前までついてくる。

昼食時間、学食の机と椅子の間から覗《のぞ》き込んでくる。

ちょっとしたホラーになってきたので絶対に参加しない旨《むね》を改めて伝えるが、妹は納得しなかった。

困った俺は主に助けを求める。学院の中庭で妹を諫《いさ》める術《すべ》を尋ねる。

「妹の我《わ》が儘《まま》をどうにか避けられないものか」

深刻に吐息を漏らし、意見交換するが、妙案は浮かばなかった。姫様はいっそ参加されてみてはいかがでしょうか？　と勧めてくる。

「優勝をしたら皆の前で踊らなければいけないのだろう。御免蒙《こうむ》る」

「途中でわざと負けるという手もあります」

「なるほど。その考えはなかったな。……いや、駄目だ。妹が膨れる」

「膨れてもいいではありませんか。エレンさんは言うほど怒らないと思います」

「姫様は妹の性格を知らないから」

「そうでしょうか。わたくしはただエレンさんが寂しがっているように見えます」

「寂しい？」

「大好きな兄と離ればなれになってしまって寂しかったのでしょう。失った時間を埋めるかのように後を追っているようにも見えます」

「失われた時間か……」

エスターク城を追放され数ヶ月、そのように長い間離ればなれになったことはない。どのようなときも一緒にいてくれた妹を思い出す。

「母さん……なんで死んでしまったんだ……」

流行病《はやりやまい》で死んだ、ということになっている母の遺体に生前の面影はない。とある種類の毒物は死後も遺体に苦しみを与える。

毒物によって顔を歪《ゆが》めている母、あまりにも無残で俺は直視することが出来ない。ただ、死体に寄り添うことしか出来なかったが、ある日気がつく。

母親の棺《ひつぎ》の横に常にリンドウの花が供えられていることに。

生前、母親が好きだと言っていた花が毎朝供えられていた。

その花を摘み、捧《ささ》げてくれていたのは半分だけ俺と同じ血を共有している少女だった。

彼女は傷心の俺と母の死をいたわるかのように毎朝、花を摘んでくれた。

この時期、エスターク城の庭に咲くことがないリンドウを供えてくれたのだ。

あるいはそれに気がついたとき、俺たちは初めて兄妹になったのかもしれない。

血を半分しか分かち合っていなかった兄妹が、魂も分かち合うようになったのかもしれない。

そのように考察していると少しだけ武闘祭に興味が涌《わ》いてきた。

そんな俺に報告をもたらすのはメイドのマリーだった。

彼女がもたらした情報は朝から過酷なものであった。

「アリアローゼ様、ロナーク男爵家が我ら陣営から離脱を表明しました」

「な、ロナーク男爵が？　信じられません。彼は国士の中の国士なのに」

「ロナークって先日、暗殺者《アサシン》の襲撃から護った家だっけ」

「左様です。リヒト様の活躍により難を逃れました。ロナーク家の当主とは一晩中国について憂いを語り合った仲、そんな方が我らを裏切るなんて」

「なにかがあったと見るべきだろうな」

俺の言葉にこくりとうなずくマリー。事情を説明してくれる。

「ロナーク男爵は我ら改革派の中心的メンバーです。姫様と一緒に国を憂い、改革していこうという意志を持っています。しかし、それがくじかれました」

「バルムンクから脅しを受けたのか？」

「はい。ただし、直接的ではなく、間接的に。バルムンク侯爵は脅迫や恐喝などという手段は使いませんでした。一言も発さず、一片の紙も使わず、ロナーク男爵を恐怖の谷に突き落としたのです」

「家族に危害を加えたのか？」

そんな生やさしいものじゃないわ、とマリーはうそぶく。

「バルムンク侯爵はロナーク男爵の屋敷《やしき》の前に〝老木〟の幹部たちの首を並べたの」

「な、なんと」

アリアは顔を青ざめさせる。

「ロナーク男爵が襲撃事件を正式に届け出た翌日にね。ロナーク家のものには一切手を出していないわ」

「警告か」

「そう。おまえの一族などいつでもこのようにできるのだぞ、という意味でしょうね」

「それと同時に暗殺を失敗した幹部たちの見せしめでもあるのだろうな。一石二鳥だ」

「合理的にして冷酷な人物です」

姫様の言葉に同意するマリーだが、現実的問題について指摘する。

「その事件でロナーク男爵は震え上がり、屋敷に閉じこもり、出仕もしなくなりました。引退し、息子に家督を譲ると言っています」

「ロナーク男爵はまだ四〇歳ですのに……」

「バルムンク侯爵に逆らわないと意思表明したいのでしょう」

「息巻いて国家百年の計を語っていた男爵がその様子じゃ、他の姫様親派にも影響が出るんじゃ」

「その通りです。さっそく、今度開かれる夜会に欠席するという手紙が舞い込んでいます」

「まったく、国士が聞いて呆れる」

やれやれ、とその手紙の一部を確認する。

「いえ、それは仕方ないでしょう。彼らにも家族がいるのですから。それにこんな事態になっても残ってくれる人物を見定めたほうがいいかと」

「なるほど、真に気骨のある人物を見定めるいい機会というわけか」

「はい」

「ポジティブだな」

「そうでなければ強大なバルムンク侯爵に立ち向かえません」

「道理だな」

そのように纏《まと》めるが、座して手をこまねくつもりはなかった。

俺は剣爛《けんらん》武闘祭参加申し込みの書類に手を伸ばす。

「もしかして剣爛武闘祭デュオに参加するの？」

「ああ」

「本当ですか？　あんなに厭《いや》がっていらしたのに」

「幼き頃の妹の顔がちらりと浮かんでね。それにバルムンクがこのような手段に出るのならば俺も対抗しなければ」

「姫様の護衛であるリヒト・アイスヒルクが剣爛武闘祭デュオに参加し、優勝を果たす。さすれば恐れをなしている改革派の勇気を取り戻せるかもしれません」

「そういうことだ。無論、それでも全員が戻ってくるわけではないだろうが、やる価値はあると思う」

「この大会は出世の登竜門。ここで優勝を果たせば将来の英雄を抱えていると、アリア様の陣営の結束力は強まります」

「だな」

「リヒト様……」

　アリアは目を潤ませる。

「姫様と妹を同時に喜ばせることができるのなら安いものだ。目立つのは苦手だが、まあ、そうも言っていられない状況になってきたしな」

「あのリヒトがねえ。アリアローゼ様に対する愛か、シスコンによって心変わりしたのかは分からないけど、マリーとしてはありがたいだけだわ」

　そのように気楽に纏めてくれる。先日まで出ないと言い張っていただけに軽く小馬鹿にしてくれたほうが精神的に楽だった。案外、気が利《き》くメイドであるから、意図的に発してくれているのかもしれないが。

　そのようにメイドさんに感謝の念を送ると、彼女に参加申込書を託す。

　午後には授業があるのだ。マリーは快く投函《とうかん》を引き受けてくれた。

　ちなみに王立学院には郵便局がふたつもある。王立学院の規模はちょっとした街なのでそれに付随するインフラ施設が整えられているのだ。

　さらにマリーは最近、メイドの友と呼ばれる雑誌の風水コーナーにはまっている。メイドの友で風水のコーナーを持っている先生いわく、今月のラッキー方角は南東なので、その位置にある郵便局に向かうことにしたようだ。ちなみに北西にある郵便局のほうが近い。そのことを知っていた俺と姫様は苦笑いしてしまうが、俺の安否を気にしてくれていることはたしかなので、感謝の念を持ちながら、教室へ戻った。

教室に戻ると後方に控える特待生《エルダー》を確認してしまう。今まで無視をし、無視をされてきた存在だったが、剣爛武闘祭デュオでは彼ら彼女らと刃《やいば》を交えないといけないのだ。参加するからには優勝したいが、彼らもまた、そう思っているはずであった。

「さてはて、伝統と栄誉に包まれた剣爛武闘祭デュオ、本年度の優勝者は誰になるかな」

どこか他人事《ひとごと》のように纏めると、剣爛武闘祭デュオが開催されるまで勉学に励むことにした。

†

剣爛武闘祭に参加する旨を妹に伝えると、彼女は紅潮した両頬に手を添え、

「信じられませんわ」

と口を開けた。

次いで己の頬をひねるが、夢でないことが分かると気が変わらないうちに、と参加申込書を取り出そうとする。

「参加申込書はすでに出してある。俺とエレンペアだ」

「ほ、ほんとですか。信じられない」

「夢でも幻でもないさ」

「しかし、なぜ、心変わりを？」

　エレンは不思議そうに俺の瞳を覗《のぞ》き込むが、細やかな心の変化を伝えるつもりはなかった。ただ政治的情勢が変わった、とだけ伝える。

　アリアローゼの立場の不確かさを知っている彼女は探りを入れてくることはなかった。出来た娘であるが、純粋に嬉《うれ》しさが勝っているように見える。

「リヒト兄上様とデュオで武闘祭に出場できるなんてなんたる幸せでしょう。あとで神殿にお礼参りにいって、剣を研いで貰《もら》って、制服も新調しないと」

「まだ入学したばかりで制服は新しいだろう」

「ですが晴れの日ですから」

「まったく、困ったお嬢様だ」

　妹の頭を軽く突くとその日以来、俺と妹は鍛錬に励んだ。

　妹のエレンはエスターク家の有数の使い手として知られる。

数十年にひとりの逸材といわれており、特に剣の才能に秀《ひい》でている少女だった。

毎朝、彼女と剣の稽古をしているとその評判も過大ではないと痛感する。

彼女の剣は隼《はやぶさ》のように素早く、孔雀《くじゃく》のように華麗だった。

彼女の兄たちは無能であるし、エレンが男ならば後継者は彼女になっていたことだろう。

そのように妹の成長を喜んでいると、稽古場に息を切らせて走ってくる姿が見える。

メイドのマリーが駆け寄ってくる。

「ねぼすけのメイドが珍しい。化粧もしていないなんて」

「それだけ緊急事態っしょ。朝、起きたらとんでもない情報が入ってきたのよ」

彼女はそう前置きすると本題に入る。

「あんたと妹ちゃんの参加が不受理になったみたい」

「な、本当ですか⁉」

食いかかってきたのは妹のエレンだった。

「まだ正式に決まってはいないみたいだけど、実行委員のひとりから漏れてきた情報だから確度の高い情報だと思う」

「なぜだ？　書類に不備があったのか？」

「あるわけないでしょう。私が目を通して投函したのよ」

「それではなぜ？」

マリーの代わりにエレンが答える。

「……父上の差し金かもしれません」

「父上の？」

「父上は今、王都におられます」

「父上が……」

と漏らすが、よくよく考えれば、父はこの国の重臣で、年の半分は王都に滞在している。エスタークにいることのほうが珍しい。

「しかし、父上は国王の特使として隣国に赴いていると伺っていました。不在だと思っていたのに……」

「特使の任務を終えたのだろう。王都に帰還したら跳ねっ返りの娘が城を飛び出し、勝手に王立学院に入学したと聞いてご立腹とみえる」

「誰が跳ねっ返りですか」

「俺は〝勝手に〟を強調したつもりなのだが」

「…………」

「沈黙するということは父上にも義母上《ははうえ》にも内緒で飛び出たと認めるのだな」

「……内緒ではありません。母上には花嫁科に体験入学すると言いました」

「おまえが在籍しているのは魔法剣士科の特待生《エルダー》に見えるが」

「当たり前です。本当に花嫁科で修業をしてしまったら、婚期を早められてしまいます。それに私は武人としてリヒト兄上様のお力になりたいのです」

「その気持ちは嬉しいが、年貢《ねんぐ》の納め時だな。もうじき、父上が来られるだろう。父上のことだから父母をだましたおまえを許すまい」

「花嫁科に転入すれば――」

「父上の性格は知っているだろう。悪さをしたおまえはエスタークの城で半年謹慎だ」

「そのような憂《う》き目《め》に遭えばリヒト兄上様と離ればなれです」

「元《もと》の鞘《さや》に収まるだけだ」

「半年も会えなかったら、あの女の天下じゃない」

ぼそりとつぶやく。一国の王女様のことを指しているのだろうが、妹の言葉遣いを注意したいところである。俺はそれを実行しようとしたが、ただならぬ気配がそれを許さなかった。

「ここでございます。エレン様がいるという稽古場は」

稽古場の入り口からかすかに声が聞こえる。

周囲に緊張が走る。

敵襲ではない。殺気は一切感じられなかった。

代わりに漂うのは威圧感と重厚感だった。

学院ののどかな稽古場が、戦場に様変わりした。

稽古場の入り口付近に従卒と思わしき男が現れると、彼は平伏《ひれふ》し、主《あるじ》を出迎える。

「ラトクルス王国開闢《かいびゃく》以来の功臣にして、王室の守護者、最強の剣士にして無敗の将軍、テシウス・フォン・エスターク様、御入来‼」

その言葉と共にぞくぞくと馬に乗った騎士がやってくると、その後ろから〝圧〟の根源である男が現れる。

黒髪長髪の武人。

鈍色《にびいろ》の甲冑《かっちゅう》を纏った騎士が巨馬にまたがっていた。

この偉丈夫こそ俺とエレンの父だった。

テシウス・フォン・エスタークである。

名門エスターク伯爵家の当主にして、エスターク最強の魔法剣士。

この国の重臣であり、大将軍でもある。

その大将軍は唇をゆっくりと開き、言い放つ。

「跳ね返りの娘が我が意に逆らったと聞いていたが、誠のようだな」

ラトクルス王国の武を象徴する人物が、馬上から子供たちを睨《にら》み付《つ》ける。

その姿に圧倒される俺と妹。

テシウス・フォン・エスタークの圧は人を圧倒するなにかがある。子供の頃からぎろりと父に睨み付けられると、すくみ上がってしまうのだ。

それは父に可愛《かわい》がられているエレンも同じだった。末娘として愛されているはずの彼女も父に畏怖の感情を覚えるようだ。子供の頃から天真爛漫《てんしんらんまん》な彼女であるが、一度も父の膝の上に乗ったことがないのではないだろうか。

父は末娘といえど猫かわいがりすることはない。

ただただ重厚で寡黙な愛情でしか娘に接しないのである。

「…………」

「…………」

エレンすら沈黙する中、父は髪の色と同じ髭《ひげ》を動かす。

「委細は家令から聞いている。エレン、家に戻れ」

余計な言葉は一切話さない。父の言葉は昔から武断的で合理的だった。その圧倒的な言葉に異を唱えられるものはいない。

父の言葉の重みを知っているエレンであるが、彼女は気丈にも断る。

「父上、それはできません」

心なしか汗ばんでいるようにも見えるエレン。父は短く、

「なぜだ」

と問う。

「私はこの学院で学びたいことがあるのです。魔法剣士として精進したいのです」

「エスタークでも家庭教師は付けてやれる。この学院の教師よりも有能な教師を」

「しかし同じ年代のものと学ぶ機会はありません。私は知りたいのです。彼らがなにを考え、なにをしたいのかを。私と違うふうに育った人々がなにを求め、なにを願うのか知っておきたいのです」

耳当たりのいい言葉であるが、真実であった。妹はエスタークに城で過保護気味に育てられた。同年代の少年少女と接する機会がなかったのだ。

学院は同じ年頃のものが集まる施設。そこで学べることは多いはずであった。

実際、エレンはこの学院に来てから変わった。視野が広がり、物事を柔軟に見られるよ

うになったような気がする。

——兄上至上主義《ブラザー・コンプレックス》は治癒する兆《きざ》しは見えないが、贔屓目《ひいきめ》に見なくても学院での経験は彼女の人生にプラスになるように思われた。

それに俺は妹と一緒に剣爛《けんらん》武闘祭に参加する意志を固めていたのだ。

ここで妹を連れ去られればそれはできないし、妹の成長を間近で見ていたいという気持ちがあった。

なので一歩前に出ると妹の援護をする。

「父上、恐れながら申し上げます」

「ほう、リヒトか、久しいな」

この落とし子め、エスタークの名を捨てた恥知らず、兄たちならばそのような言葉を投げかけてくるだろうが、父は子供時代と変わらぬ口調だった。

——ただただ無関心な態度を貫く。

「申せ」

それでは、と深々と頭を下げる。

「妹はこの学院に来て変わりました。それもいい方向に」

「どう変わった？」

「剣術だけが男勝りのご令嬢から、剣術〝も〟男勝りの令嬢に進化を遂げました」

「人間的成長の兆しが見えるということか」

テシウスは娘の足先から頭頂まで見る。テシウスは気の利《き》いた男ではなかったが、妹の身だしなみに僅かな乱れを見る。エスタークの城にいたときは絶対に見られなかったものだ。おそらく、この学院ではひとりで身支度を整えているのだろう。

世間のものはエスターク伯は子に冷たい、と噂《うわさ》するが、テシウスとて人の子だ。末娘は可愛く思っている。ただ愛情を表現するのが苦手なだけなのだ。

家督は長男に継がせるが、娘は大貴族の嫁、それも妻をなによりも大切にするもののもとへ嫁がせるつもりだった。

そのためには魔法剣士としてよりも、女としての成長を望みたかった。

〝あれ〟の母親のような女に成長してくれればいいが――。

リヒトの顔を見つめると、かつて愛した女性の顔を重ねる。

（……詮無いことだな）

自嘲気味に笑うと、リヒトの言葉に真実を見いだす。

「なるほど、おまえたちはこの学院で学ぶことを望むのだな」

「はい、出来ましたら」

「しかし、それは出来ない。おまえの母におまえを連れ戻すと約束したのだ」

「お母様が……」

「気の強い女だが、あれはあれでおまえを愛しているのだ」

「それは知っていますが、私はもう一四、自分のことは自分で決めます」

「学資は誰が払っている？」

「それは……」

「商人のようなことを言ってしまったな。世間ではエスターク家は武門の家柄ということになっているらしいが」

「ラトクルス王国一の誉れを誇る家柄です」

「なるほど、ならばその家の娘も一廉《ひとかど》の武人なのだろう。この上はこれで決めるか」

テシウスはそう言うと、従者に自分の剣を持ってこさせる。

「まさか、決闘によって決めると」

「武門の家らしい決着の付け方だろう？　それになによりも公平だ」

「しかし父上はラトクルス王国一の魔法剣士、私などでは相手になりません」

「ではなんの抵抗もせずにエスタークに帰るか？」

「それは……できません」

そう言うとエレンは腰の宝剣に手を伸ばすが、俺はそれを止める。

「リヒト兄上様」

「おまえでは絶対、父上に敵《かな》わない」

「そうですが、でも――」

でも、の続きは兄上様でも勝てない、そう言いたいのだろうが、その言葉は止めさせた。言霊《ことだま》になると思ったのだ。

「勝負は下駄《げた》を履くまで分からない」

弱者によって使い古された言葉をあえて発すると、俺は一歩前に出た。

「父上、妹の代役として俺が決闘を挑みます」

「ほう、おまえがか。まあ、いいだろう。誰であろうと手加減はしない」

そのように言い放つと、馬上から下りて、剣を抜き放つ。

エスターク家に伝わる宝剣、神剣には及ばないが、魔法が付与されており、その切れ味は鉈《なた》と剃刀《かみそり》を想起する。

一方、俺の両脇には聖剣と魔剣と呼ばれる神剣が存在する。

俺は迷うことなく魔剣を抜き放つ。すると反対側の聖剣が抗議の声を上げる。

『ぎゃー、なんでそっちにするかな、ここはワタシっしょ。リヒトの正妻にして朋友《ぼんよう》のテイルさんでしょ！』

「少しは考えろ。おまえは元々、エスターク家に伝わる神剣だ。今は偽物《にせもの》で誤魔化しているが、抜けばすぐにばれる」

『あ、そうか。エスターク家の当主ならばワタシを見慣れているものね』

「俺は別に離ればなれになってもいいが、おまえはぎゃーすか五月蠅《うるさ》いだろう」

『だね、だね』

小気味がいい返答をすると、以後、不平を述べることはなかった。いつもこうだと助かるのだが、と心の中で述べると、魔剣グラムに語りかける。

「さて、というわけで今日の相棒はおまえだ」

『承知』

ティルフィングとは対照的に簡潔な応《こた》えだった。俺としてはこちらのほうが助かる。

「さて、これからラトクルス王国、いや、世界最強の魔法剣士と一戦交えるが、遺言はあるかな」

『あの男、それほど強いのか？』

「ああ、控えめに言って化け物だね」

『最強不敗の神剣使いがそこまで言うとはな』

「冷静に彼我の戦力差を計算しているだけさ。ちなみに父上とは一七度ほど剣を交えたことがあるが、何勝何敗だか知りたいか？」

『その口ぶりだと全戦全敗だろう』

「惜しい。一七戦四四敗だ」

『貴殿は計算が苦手か』

「まさか。一度の勝負で三倍分の敗北を喫したこともあるということさ。あとは来世の分かな」

『つまり今世では敵わないくらいの実力差があると？』

「そういうこと。あの男に勝てる剣士などいないだろう」

ちらりと聖剣ティルフィングを見る。――仮にもしも聖剣まで使い、二刀流を披露しても父に及ぶとは思えなかった。もしも〝千〟の神剣を同時に操れるようになれば話は別だろうが、そんなものは誇大妄想家の蜜にまみれた夢であった。

俺は現実家であるので、現有戦力で決闘に勝つ方法を模索する。

「ティルが剛剣だとすれば、グラムは切れ味重視の柔剣だ」

独り言のように剣の特性を語る。

グラムのポテンシャルを最大限に引き出すには抜刀術がちょうどいいだろうな。

ゆえにグラムは剣から抜き放たない。黒みがかった刀身を隠す。

(チャンスは一度、刹那の瞬間しかない)

父は神剣は使えぬが、その剣術は剣聖にも等しい。俺の抜刀術など、一度で見切ってしまうだろうが、逆に言えば一度はチャンスがあるのだ。この世界では神剣使いは希少、父は魔剣グラムの飛燕《ひえん》のような軌道を知らない。そこに活路を見いだし、最初の一撃にすべての力を乗せればあるいは勝機があるかもしれない。

そう思った俺は正眼《せいがん》に構える父に向かって一歩踏み出した。

父は微動だにしない。

大地に足を根ざしているかのように軸がぶれなかった。

剣術をかじるものならばそのすごみを即座に理解できるだろう。父の剣術は天然無心に通じるなにかがあった。

山に向かって斬り掛かるような焦燥感を覚えるが、抜刀した時点で後戻りは出来ない。

父を斬り殺すくらいの覚悟で抜刀術を完遂させる。

シャカリと剣を抜くその音が自身の耳に届くよりも速く、剣を抜き放つ。刹那の速度で黒き剣が解き放たれると、それは父の首に向かう。

その速度はまさしく飛燕であり、並の騎士ならば剣閃《けんせん》すら見ることなく首を飛ばしていただろうが、父は最小限の動作でそれをいなすと、グラム以上の速度で剣を抜き放った。

通常、剣技は「後の先」を極めよと言われるが、父は「後の後」の動作でも平然と俺を打ち負かしたのだ。

飛燕の上を行く速度で剣閃を繰り出すと、俺の首筋手前で剣を止める。

俺は殺意を込めて剣を放ったが、この男は加減をした上で俺を圧倒したのだ。

この決闘、俺の負けであった。

妹は俺の元へ駆け寄ってくるが、ただただ俺のみを心配するだけで負けたことを責めることはなかった。妹の優しさと気高さがそうさせるのだろうが、もとより父に敵うとは思っていなかったのだろう。彼女は潔《いさぎよ》くエスタークに戻る決意を固めた。

しかし、その決意は無駄に終わる。

決闘の勝者である父親が思わぬことを口にしたからだ。

「――ふむ、花嫁科に通っている花嫁は腐るほどいるが、魔法剣士科に通う花嫁というのも悪くはないか。エレン、唯一無二の花嫁になってみせよ」

テシウスはそのように漏らすと、エレンの在学を許した。

俺たち兄妹《きょうだい》は意外な結末に目を丸くするしかないが、父は子供たちに試練を課すことも忘れなかった。

「剣爛《けんらん》武闘祭に参加するそうだな。エスタークのものに敗北は許されぬ。負けた場合は即刻、城に連れ戻すからな」

そのように言い放つと巨馬にまたがり、去って行った。

騎士や下僕たちは慌てて父の後を追っていった。

俺はなんともいえない気持ちで父親の後ろ姿を見送るが、家来たちも似たようなものらしい。

リヒトが視界から完全に消えると家来たちはテシウスに話し掛けた。

「テシウス様、よろしいので？」

「よろしいとはなんだ」

「御令嬢のことです。エレン様は唯一の女児、良《い》いところに嫁に出してやらねば、と常日頃から言っているではありませんか」

「その気持ちに偽りはない。だからこそ学院に残してやるのだ」

「たしかにここならば将来の伴侶となる大貴族にことかきませんが」

「大貴族でなくてもいい。いや、あるいはこれから大貴族になる男かもしれんが。あやつならば姫様を盛り立ててそのまま――」

テシウスの声は極小だったのでその言葉が家来の耳に入ることはなかった。

「しかし、御子息は困りものですな。散々エスタークをかき乱した上に出奔し、妹君にまで悪影響を与えている」

「そうだな。ミネルバや愚息どもがやんや五月蠅い」

テシウスはそれ以上、騎士には同調せずにこのように説明した。

「おれは慈悲や哀れみをもってあいつらの勝手を許したわけではない。あやつらにはねだるな、勝ち取れ、と教えてきた。あいつらはその教えを実践しただけに過ぎない」

「と言いますと？」

テシウスは言葉の代わりに腰の剣を押しつける。

ミスリルで作られた魔法の剣にはひびが一本入っていた。

「な、まさかこれは⁉」

「そうだ。あやつが付けたひびだ」

「御子息の抜刀術は届いていたのですね」

「そういうことだ。しかも届くだけでなく、真銀製の剣を破壊した」

「し、信じられない」

「おれもだよ。たしかに剣に魔法は込めなかったが、それでもこの剣を破壊できるものは王国でも限られる」

「もしや御子息はとんでもない才能を秘めているのでは？」

「それは疑いない。子供の頃から、いや、生まれる前からそんな予感があった。――ただ」

「ただ？」

「その才能がやつを苦しめるだろう。その才能によって運命に翻弄されることになるだろう」

「…………」

テシウスは悲しげに空を見上げると、最後にこんなつぶやきを漏らした。

「同情する振りをするのは親としての未練かな。存外、おれにも人間らしいところがあるらしい」

†

テシウスの許しが出ると剣爛武闘祭参加拒否問題もなくなる。エスターク家の差し金のようだが、母主導だったのか、兄主導だったのかは不明だ。

こちらとしては参加できればどうでもいいので気にしないが。

妹も同じらしく、ただただ喜びを全身で表現する。

「あの父上がリヒト兄上様との結婚の許可をくれるなんて！」

「……どうしてそうなる」

「え？　お聞きになりませんでした？　魔法剣士科で花嫁修業をしろって言っていました
よ」

「今、おまえが言った通りだろう。将来、おまえは大貴族の嫁になるんだ」

「いやですわ。大貴族なんて皆、運動もせずに豚のように肥え太ってるだけ。その妻も脂肪吸引とエステにしか興味がない頭空っぽカップルです」

「ならば筋骨隆々の大貴族を探しなさい」

「いやです。兄上様以外とは結婚しません」

「脂肪吸引をしてエステにはまる人生のほうが幸せだと思うけどな」

そのように返答すると肥え太らぬために鍛錬を始める。

最初は参加する気がなかった武闘祭であるが、参加するからには優勝するつもりだった。負ければ妹が帰郷せねばならぬと思うと力も入る。しかし、妹は呑気《のんき》なもので、

「兄上様とデュオならば負ける気がしません」

と鍛錬に集中しない。朝の鍛錬には参加するが、寮から持ってきた弁当を広げ、ピクニ

ック気分だ。

「兄上様、すごい。ご褒美《ほうび》にこのタコさんウィンナーをあげます」

岩を砕くとそのことを褒《ほ》め称《たた》え、俺にタコさんウィンナーをねじ込もうとする。悔しいので食べたくないが、美食家である俺はタコさんウィンナーの誘惑に打ち勝てなかった。

しかし妹の態度は嘆かわしい。たしかに妹は一流の魔法剣士だ。入学したばかりとはいえ、その実力は学内でも屈指だろう。十傑とやらにも加わる資格があるほどの強さを誇る。ただいにしえより慢心と油断を掛け合わせると敗北になると言われてきた。このような態度でいれば決勝はおろか、初戦で敗退することも考えられた。

なんとか妹の蒙《もう》を啓《ひら》けないか、そう思ったがある意味、妹のほうが正しいことを知る。

第四章
剣爛武闘祭

†

剣爛武闘祭予選当日、妹の慢心と油断は余裕であることが判明する。

剣爛武闘祭は王立学院の目玉イベント、そこで結果を残せば将来の成功は約束されたようなもの。およそ優勝のチャンスがないものもこぞって参加する。決勝トーナメントに駒を進めるだけで大変な栄誉なのだ。

ゆえに毎回、数百人単位で生徒が参加する。予選を行い出場者を厳選するのだが、妹はその予選で信じられない強さを発揮する。

予選は三二名ごとに分かれてのバトルロイヤルなのだが、妹はそれをひとりで勝ち抜くという。

「な⁉　剣爛武闘祭デュオはふたりひと組なのですよ！」

俺の横で寄り添うお姫様が心配の声をあげるが、妹は「ふん」と鼻を鳴らす。

「このようなぬるい連中にリヒト兄上様の手を煩わせる必要はありません」

そのように宣言すると、有言実行する。

妹は三二人の参加者を五分ほどで倒してしまったのだ。

彼女は舞踊のような流麗な動きで三二の参加者を駆逐した。その姿は参加が禁じられている高等部の連中さえも嘆息するほどであった。

「な、なんだ、この中等部の生徒は。去年、こんなやついたか」

「いないさ。なんでも先月入ってきたばかりの新入生らしい」

「僕たちが参加した年に入学して来なくてよかった。もしも参加していれば……」

負けていた、高等部の見物人たちはあえてその先の言葉を口にしなかった。

エレンもさして気にする様子もなく、優雅な足取りで戻ってくる。俺の顔を見つめると、

「鍛錬、サボっていたわけじゃないこと、分かっていただけましたか？　体力を温存していただけなのです」

と自己弁護する。

「それにしても見事なものだな。エスタークじゃ敵《かな》うものなしだったんじゃないか」

「いえ、まだ北部人のほうが歯応えがあります。王都の殿方はぬるい」

狼《おおかみ》とともに生きる北部人のほうが強い、と声高に主張しているわけだが、参加者も見物人も異論を挟むことはなかった。妹の強さはそれくらい図抜けていたのだ。

「リヒト様の妹さんはこんなに強かったのですね」

目を丸くするアリア。マリーも驚愕《きょうがく》する。

「あんたの妹、見た目によらず強いのね」

「ああ、北部の白百合《しらゆり》と呼ばれていることもあるが、北部の鬼姫と呼ばれることもある」

「はあー、人は見た目によらないわ」

マリーはありふれた感想を口にするが、エレンは我関せずといわんばかりに俺の腕を取ってきた。

「ささっ、本戦は明日です。明日に備えて英気を養いましょう」

と俺を寮に連れて行こうとするが、その腕を振りほどく。

「早く終わったのなら、他の予選会場を視察したい」

「視察？　なんのために？」

「決勝トーナメントで当たる連中を見ておきたい」

「兄上様は心配性過ぎませんか？」

「彼を知り、己を知れば百戦殆《あやう》からず」

異世界のソンシの言葉を引用すると、妹は、

「そういった慎重で戦略家なところも大好きです。惚《ほ》れ直しましたわ」

と一緒に付いてきてくれた。

姫様たちも付いてくるのが気に入らないようだが……。

他の予選会場はまだ戦闘を継続していた。俺たちの組が最初に執り行われたということもあるが、それ以上にエレンの手際《てぎわ》が良すぎたのだ。もしも彼女が戦場に立てばどれほどの戦果を上げることだろう。

右隣で行われていた予選会に目を通す。

そこには見知った人物がいた。

「システィーナ様ですね」

その人物の名を口にしたのは彼女の父親の政敵であるアリアローゼ。

「ああ、この手の大会に興味がないと思っていたが」

「たぶん、あんたと戦いたかったんでしょう」

マリーがシスティーナの気持ちを代弁する。

「決闘でボコボコにされ続けてるからね。ここらでリベンジしたいんっしょ」

「だろうな。戦うごとに強くなっているから要注意だな」

「しかしまあ、参加するのは予想できたけど、よく相棒《パートナー》を見つけたわね」

失礼なことを言うメイドさんであったが、実は同様の感想を持っていた。なのでシスティーナの相棒を観察してしまう。

システィーナの相棒は線の細い魔術師だった。枯れ木のように痩せ細り、気が弱そうだ。しかし、魔術師を見た目で判断してはいけない。どのような優男でも恐ろしい力を秘めていることがあるのだ。

注意深く魔術師を観察すると、その片鱗《へんりん》を見せる——ことはなかった。

ひとり、バトルロイヤルで対戦相手を倒していくシスティーナ、エレンのように無双するが、時折、討ち漏らすこともある。ひとりの剣士がシスティーナの剣圧をかいくぐり、魔術師に斬りかかるが、その途端、魔術師はその場にへたり込み、震え出す。

「……数合わせのようですね」

アリアが冷静に批評する。

「みたいだな。勝ち気な性格だから、友達がいないのだろう」

その想像は正しい。剣爛《けんらん》武闘祭にリヒトが参加すると知ったシスティーナは自身の参加も望むが、自分には相棒がいないことに気がつく。意欲ある十傑はすべて相棒を見つけているし、特待生《エルダー》にも知り合いはいない。そこでシスティーナは魔術科に向かうと適当な下等生《レッサー》を見つけて、脅す——、いや、誠心誠意お願いすることにした。

厭《いや》がる細身の魔術師を睨《にら》み付《つ》け、

「貴殿も参加するよな？」

と友愛に満ちた言葉を投げかけると、彼は参加を承知した。

無論、戦力にはならないので数合わせであるが、システィーナはひとりでも剣爛武闘祭を勝ち抜く自信があった。

その自信は過信ではないだろう。事実システィーナは七分ほどで対戦相手を蹴散らす。

エレンより時間が掛かったのは単純に性質の違いだった。エレンは魔法剣士、システィーナは純粋な剣士、個人対多数の試合では妹のほうに一日の長があった。

そのことをよく知っていたシスティーナは勝ち誇るようなことはなかったが、それでもエレンは意識しているようで視線を向けてくる。エレンもシスティーナが定期的に俺にちょっかいを出しているのを知っているから張り合う。

火花散るふたり、決勝トーナメントで当たれば血を見るかもしれない。彼女との戦闘は避けたいところだが、実力を考えればどこかで当たるような気もした。

（バルムンク侯の真意次第だが……）

侯の真意はいまだ摑《つか》めない。俺と姫様の陣営をひねり潰すのは容易なはずだが、そうしようとしないのだ。無論、妨害の類いはしてくるが、徐々にハードルを上げているかのような配慮を感じるときもある。

（泳がされているのは間違いないが、……メダカが大海に放たれているようなものだな……）

　彼我の戦力差に吐息が漏れ出るが、魚類は生ある限りどこまでも成長すると聞く。大海原に解き放たれても生きながらえ続ければ反撃のチャンスも出てくるだろう。そのとき、大魚になっていればいい。

　そのような考察をしていると隣から歓声が聞こえる。

　エレンとシスティーナはひとりで対戦相手を蹴散らすという派手な試合をしたが、その横のペアは剣爛武闘祭デュオの趣旨に沿った戦い方をしていた。

「さすが特待生十傑《エルダー》！」

「氷炎の姉弟《きょうだい》の異名は伊達《だて》じゃない！」

　赤髪の少年と青髪の少女は一糸乱れぬ戦闘をしている。

　赤髪の少年はどうやら炎使いのようで、身体《からだ》に炎を纏《まと》わせながら前線で暴れている。一方、青髪の少女は氷使いのようで、後方で冷静沈着にサポートしていた。

　赤髪の少年が炎魔法で対戦相手を蹴散らす。かなり粗暴で単純な戦い方で、対戦相手の奇襲なども許してしまうが、相棒である氷使いの少女がそれを冷静にいなす。

（……息がぴったりだな）

よくよく見ればこのふたり、顔が似ていた。いや、そっくりだ。おそらくは双子と思われる。さらに言えばクラスで見たことがあった。

「……そういえば教室の後ろにいつもいるな」

赤髪の少年のほうはたしか特待生《エルダー》の十傑のはずだ。俺のことを快く思っていなかったはず。

そのことをお姫様に伝えると、彼女は、

「青髪の女子生徒も十傑の一人ですよ。赤髪の彼はわたくしには優しくしてくださるのですが……」

と、のんきな台詞《せりふ》を口にする。

思わず苦笑してしまう。赤髪の少年がアリアのことを好きだと知っていたからだ。彼は常にアリアのことを見つめていた。アリアローゼを偶像視し、崇拝していると言い換えてもいいかもしれない。

俺とアリアが仲良く話しているのを見ると、呪詛《じゅそ》にも似た怨念を送ってくる。

赤髪炎使いは直情的で分かりやすい、という事例に漏れない性格をしていた。

事実、俺が観戦していることに気がつくと、間違えた振りをして《火球》を飛ばしてくる。やつの放った焔《ほのお》の塊は俺の目の前で爆散する。

魔剣グラムを使い火球を斬り裂いたのだ。

それを想定しての誤射だったので、やつは平然としていた。炎使いのくせに氷のような瞳で俺を見下ろしてくる。

「嫉妬とは恐ろしいな」

俺を倒すために参加したわけではないだろうが、俺と対峙《たいじ》すれば容赦なく殺しに掛かってくるだろう。それくらいの気迫を感じさせた。

「まあいい、降り掛かる火の粉は払うまで」

剣爛武闘祭に参加した以上、無傷で優勝できるとは思っていなかったが、負ける気は一切なかった。

その後、他の予選会場も視察するが、好敵手になりそうなものはいなかった。目に付くのは特待生十傑《エルダー》くらいで、一般生《エコノミー》や下等生《レッサー》などは論評にすら値しない実力だった。

その特待生十傑《エルダー》も同じ予選グループで潰し合っている。

「これはシスティーナと氷炎使いだけマークしておけばいいかな」

そのような感想を抱いたとき、とある人物に気がつく。

そのものは一般生《エコノミー》の印を付けていた。見た目にすごみは一切ない。ゆえに見逃してしまいそうだったのだが、なにかが引っかかった。

少年の動きには感情がない。特段、動きが素早いわけではないのだが、動きに感情がなく、次の一手を読めない。通常、人間は傷つくことを恐れる。ダメージを最小にしようと動くはずなのだが、その少年は敵の攻撃を恐れることのない動きをする。己が傷つくことを厭《いと》わないものの動きだった。

彼のパートナーである少女は相棒が傷ついているというのに眉ひとつ動かさなかった。これまた人形のような表情で参加者を倒していた。

（特筆すべき動きじゃないが、気になるな）

俺の直感は当たる。今まで何度も義母に暗殺され掛けた俺だが、その都度難を逃れたのはこの動物のような嗅覚のおかげだった。

（こいつらが一番厄介かもな）

心の中でそのように纏めると妹と姫様のほうへ振り返り、寮に戻る旨《むね》を伝える。

情報収集は終わった。あと、自分に出来ることといえば対決に備え、鍛錬をすることだけだった。俺は三組の強敵を仮想敵と定め、鍛錬に励んだ。

エレンもそれに従ってくれる。予選では余裕を見せた彼女であるが、他人の戦いぶりを見ていると危機感を覚えたのだろう。なにせこの戦いには彼女の未来が懸かっているのだ。

万全の体制で臨む決勝トーナメント、剣爛武闘祭デュオの決勝はトーナメント形式で一六組三二名の生徒が試合を行う。

四回勝ち抜けば優勝する計算になるが、学院の実力者が集っているので容易には勝ち抜けないだろう。

†

そのように思ったが、一回戦目の相手はぬるかった。

先日、俺が目を付けたデュオではない相手と当たったのだ。

そのものは一般生《エコノミー》と特待生《エルダー》のデュオだった。選民意識と劣等感の塊である階級《クラス》がデュオを組むなど珍しいが、このものたちは少し変わっていた。

一般生《エコノミー》の女子生徒が特待生《エルダー》の男子生徒を尻に敷いているのだ。——いや、尻に敷くというかペットにしているというか。

一般生《エコノミー》の女子生徒は特待生《エルダー》の男子生徒の首に鎖を付け、家畜のように扱っている。

鎖をぐいと引き、イケメン特待生《エルダー》に顔を近づけ、妖艶《ようえん》に微笑《ほほえ》む。特待生《エルダー》の男子生徒は骨抜きにされていた。

俺とエレンは彼らの前に立つと、吐息を漏らす。

「なるほど、色香によって上位者を虜《とりこ》にしたか」

「そういうこと。逆立ちをしても特待生《エルダー》にはなれないけど、特待生《エルダー》を飼い慣らすことは出来るの」

「まさしく犬だな」

鼻息荒く興奮している特待生《エルダー》を哀れむ。

「下等生《レッサー》の男が将軍になることはないけど、下等生《レッサー》の女が将軍の妻になることはままある。この美しさを利用してどこまでも上り詰めてみせるわ」

「上り詰めたところで横に居るのは女を見た目でしか判断しない豚よ」

エレンがさげすむように言い放つ。

「豚で結構、豚と寝て栄華を勝ち取って見せるわ」

エレンの皮肉にまったく応えることのない女子生徒。住んでいる世界が違うのだろう。もはや言葉で語る必要はなかった。

エレンの斬撃が女子生徒に向かうが、それを受け止める特待生《エルダー》の男子。さすが計算高い女が選んだだけあり、男子生徒の実力はなかなかだった。

「愛だ！　僕と彼女の愛は誰にも引き裂けない‼」

目がハートマークになっているかのような情熱を感じる。男は好きな女性のためならば火の中にも飛び込めるというのは真実のようだ。そして愛のためならば実力以上の力を出せるというのも真実のようだ。

あのエレンが押されている。斬撃を受けても平然とし、力任せの反撃を行ってくる男子生徒に辟易《へきえき》しているようだ。

「熟練の闘牛士が恐れを知らない若牛に押されている感じかな」

ならば俺も参戦するまで、と腰の剣に手を伸ばすが、聖剣のティルが助言をしてくる。

『リヒト、剣爛《けんらん》武闘祭は相手を殺したら失格負けだよ』

「分かっている」

剣爛武闘祭はあくまで余興、血を好まない。会場には結界が張られ、致命傷を与えられないようになっている。

――もっとも実力者が本気を出せばその結界の上からでも致命傷を与えられるのだが。

無論、俺はそのような愚かなことはしない。俺の目的はこの大会で優勝することなのだから。

ゆえに加減をした斬撃になってしまうが、それでもただの特待生《エルダー》なら一撃で倒せるはずであった。

――はずであったのだが、その計算はもろくも崩れ去る。

俺の一撃を受けた特待生《エルダー》は平然としていたのだ。

斬撃が届くとは思っていなかったが、ダメージを受けないのは想定外だった。

やつはにやりと、

「愛は世界を救う！」

と白い歯を見せると、小瓶を取り出し、中の液体を飲み干す。

その光景に驚愕《きょうがく》するエレン。

「兄上様、愛はここまで人を強くするものなのでしょうか」

ならば私はもっと兄上様を愛したい！

と続けるが、俺は即座にそれを否定する。

「気持ちが肉体に好影響を与え、実力以上の力を発揮することはある。しかし、やつはそういった物語の主人公タイプではなさそうだ」

へらへらと女子生徒の色香に惑っている男、精神力がありそうには見えない。

ならばなにが彼の実力を引き上げているのかと言えばそれは薬物であった。

あの女、自分の手駒に薬を投与しているのだ。

「な、薬物ですか」

「ああ、合法的なもののようだが、使用者の肉体を確実に蝕《むしば》むタイプのものだ」

先ほどから男子生徒の口から漂うアーモンド臭、おそらくではあるがディアヘルムという筋力増強剤を使っているように見える。

「ディアヘルムって競走馬に使う薬物ではありませんか」

「ああ、人間に使っても効果があるが、その代わり心臓を蝕む。男性機能にも重大な欠陥を与えるという報告もあるな」

「それを自分を愛してくれる人に使うなんて……」

エレンは言葉を失うが、女子生徒は知ったものですか、という態度を崩さない。

「わたしはこの薬の作用と副作用は説明したわ。この男が勝手に飲んだだけ。どうなると知ったことじゃない」

「その通り！」

そう言うと先ほどの小瓶を取り出し、残りの液体を飲み干す。栄養ドリンクを飲むかのように気軽だった。

ちなみに中の液体は緑色と紫の蛍光色でとても不味《まず》そうだった。

男はまったく気にした様子がない。得物の斧《おの》を握りしめると、鋭く重い斬撃を放ってくる。心をかき乱されているエレンはその攻撃を避けることが出来ず、剣で受け流そうとするが、北部の名工が鍛え上げた宝剣でもその膂力《りょりょく》に対抗することは出来ない。

「……しまっ」

宝剣を吹き飛ばされるエレン、そのままレンの頭部に斧の一撃が飛んでくる。魔法による防御障壁があるとはいえ、まともに食らえば一命に関わるかもしれない。本人も周囲の人間もそのように確信したが、その心配は一瞬で消え去った。

妹の頭部に斧が届く直前に、二対の剣が飛び出てきたのである。

聖剣ティルフィング、
魔剣グラム、

白と黒の神剣が斧の一撃を完璧に遮った。

ガキン、と魔法武器《エルダー》独特の波濤《はとう》が飛び散る。

それを見て特待生の生徒は驚愕する。

「な、なんだ、その強力な剣は」

「神剣」

一言だけ返す。

「な、神剣だと!?　おまえのような下等生《レッサー》が神剣を使いこなすというのか」

「下等生《レッサー》が装備してはいけないなどという法はない」

「な、ちょ！　それはいいとして神剣をふた振り同時に使いこなすやつがいるなんて聞いたことないんですけどー」

後方から督戦する女生徒は驚愕の声を漏らすが、たしかにその通りだ。だが、彼女に詳細を説明する必要はないだろう。また、彼女もそれを求めていなかった。

彼女は三下の悪役であるが、間抜けではないようで、斧を神剣で受け止めている今が好機だと察したのだろう、呪文を詠唱し始める。

〝氷槍《ひょうそう》〟の魔法だ。もしかしたら男子生徒ごと俺を突き刺す算段なのかもしれない。分かってるわね、的な視線を男子生徒に送る。男子生徒も「おう」と俺が動けぬように斧に力を込める。

まったく、どうしようもないバカップルだ。

馬鹿は死ななければ治らない、恋は盲目、という言葉を思い出す。

しかし同時に「百年の恋も冷める」という言葉があることも思い出す。

男子生徒はともかく、女子生徒の目的は剣爛武闘祭での優勝、その夢が絶たれれば男子生徒になんら価値を見いだせなくなるだろう。

次の武闘祭を目指し、新たな戦力を探し出すに違いない。さすれば男子生徒もさすがに気がつくはず。

　哀れな男を薬物から解放するため、俺は男を蹴り上げ、妹の名を呼んだ。

「エレン、同時に決めるぞ」

「承知しましたわ」

　即座に反応する妹。可憐《かれん》な声は俺の後方一〇メートルの場所で響いた。

　つまり妹は言われるまでもなく、移動していたのだ。

　そのことを察知した女子生徒は「なっ、いつの間に⁉」と目をぱちくりとさせる。

「この武闘祭はデュオです。互いの気持ちを理解し、相手のために尽くせるペアが勝つのです」

「そういうこと。俺は妹の賢さ、素早さを信じていた」

「私は兄上様の〝力〟を信じています」

　エレンの信頼に応えるため、足腰に力を込める。

　薬物によって膨れ上がった筋肉を持つ生徒を押し返す。

「な、なんだと⁉　この俺が力負けするのか？　こんなもやしのどこにこんな力が」

「リヒト兄上様は細マッチョです」

　エレンは即座に訂正するが、一応、説明はしてやる。

「武術は筋肉だけじゃないのさ。筋力で劣っていてもこのようにてこの原理を利用してやればいい」

さらに男子生徒を追い詰める。

「それと見た目の筋力に惑わされるのは三流のすること。魔法使いは己の筋繊維に魔力送って、普段使わない筋肉をフル活用できるんだよ」

人間は己の身体《からだ》を負荷から守るため、自己制御《リミッター》を課しているらしいが、それを解き放てば何倍もの力を発揮することが出来るのだ。

薬物によって筋肉を肥大させる以上の筋力アップも可能なのである。

ただ、理屈では分かっていても、理解できないようだ。俺の筋強化魔法は特待生《エルダー》であっても到達できない〝領域《レベル》〟であった。

「この上はなにも語るまい」

犬に向かって礼節を説いても無駄なように、薬物と恋によって脳が溶けた男に魔術の真理を説いても無駄であった。

エレンもそのことを分かっているのだろう。女子生徒に必殺の一撃を加える動作を始める。

ふたり同時に行きますわよ、などと言葉を発する必要はない。幼き頃からともに剣を交えてきた兄妹《きょうだい》に言葉など不要だった。

俺が男子生徒の体勢を崩したのと同時に、妹は必殺の剣を解き放つ。


「飛燕《ひえん》疾風剣！」


文字通り空を舞う燕《つばめ》を落とすかのような速度の抜刀術を繰り出すエレン。

色香と策謀に長《た》けているだけの一般生《エコノミー》ではその剣閃《けんせん》を見ることさえ叶《かな》わないだろう。

痛いと思う前に女子生徒は気絶したに違いない。

一方、俺はティルフィングで横薙《な》ぎの一撃を放った。

二刀流で攻めなかったのは最近、グラムばかり使用してティルが不平の声を上げているのを知っていたからだ。

『うきー、ワタシというものがありながらそんな黒光りのラーグーばかり使っちゃってさ。シゲルきらい！　ミキヒサきらい！』

その不満を抑えつけるため、あるいはその負の力を利用し、薬物強化された男子生徒を斬り裂くため。

聖剣ティルフィングはやつの防御結界を易々《やすやす》と斬り裂く。

『ワタシは鉄や大岩も斬り裂くんだよ？　こんな筋肉馬鹿の筋肉なんてチーズみたいなもの』

「たしかにチーズのように臭うな」

男子生徒は反論する暇なく、斬撃を受ける。刃が筋肉に当たった瞬間、攻撃属性を『斬』から『衝』に切り替えるが。

汗くさい男《チーズ》だが、だからといって怪我《けが》をさせていいものではない。この武闘祭は人殺し厳禁であるし、『手加減』できる実力差があるうちは手加減しておきたかった。

『さすリヒ！　最強の上に慈悲深い』

「こんな男の命を背負いたくないだけさ」

そのように言い放つと男子生徒を気絶させる。

ほぼ同時に対戦相手を倒す兄妹、その見事な手際《てぎわ》に観衆は歓喜の声を上げる。

「す、すげえ、なんて兄妹なんだ」

「兄のほうは本当に下等生《レッサー》なのか？　なにかの間違いなんじゃ」

「いや、間違いなく下等生《レッサー》だ。噂《うわさ》によると入学試験がギリギリだったらしい」

「ならばまさしく落ちこぼれじゃないか」

「そうかもしれないが、最強の落ちこぼれだよ。なんでも過去、ギリギリの最低点で入学したものはいないらしい。皆、多少は最低ラインよりも上の点を取るんだよ。だが、あの男は本当に最低点で入学した。──それも狙ってやったという噂がある」

「本当かよ、それって満点を取るよりも難しいんじゃ」

「ああ、それだけは間違いない。なんでそんなことをしたのかは知らないが」

それは目立ちたくないためさ、と心の中で説明するが、今現在、とても目立っているので口にすることは出来なかった。

……これならば最初から特待生《エルダー》として入学すればよかった、と思わなくもないが、過ぎたことを悔やんでも仕方なかった。

特待生《エルダー》になったらなったで、面倒くさいことが山ほどあるのだ。

その中のひとつが十傑制度だ。特待生《エルダー》は常に切磋琢磨《せっさたくま》し、頂点を目指せ、という気風が王立学院にある。特待生《エルダー》たるもの、十傑となって学院生たちを導いていかなければいけない。

その資格なし、と判断されれば成績優秀にもかかわらず退学処分を受けることがあるのだ。事実、特待生《エルダー》十傑にほぼ内定している妹は忙しそうだった。

「今度、十傑推薦会議があるのですが、それに向けての所信表明演説の原稿を提出しなければいけないのです」

「面倒だな、ならなければいいのに」

「エスタークに生まれたものの使命です」

十傑になったらなったで、定例会議への参加、学院の密命の実行、といろいろと時間を取られるらしい。

王女の護衛を考えれば特待生《エルダー》にならなくてよかったのかもしれない。

そのように思い直していると、その特待生《エルダー》十傑のひとりであるシスティーナの視線に気がつく。

彼女は俺の動きを余すことなく観察している。

彼女とは決闘で勝利したし、その後の勝負でも負けたことはなかったが、戦うたびに動きが良くなっている。俺の弱点を見抜き、己の長所を活《い》かした戦いをしてくるのだ。

次に戦えば負ける可能性も十分あったが、気になるのは彼女よりも彼女の父親だった。

「あれ以来、動きがまったくない」

あれとはアリアローゼ親派のロナーク男爵家に警告を与えた件である。

ロナーク家で暗殺未遂事件を起こした暗殺集団〝老木〟の幹部が斬首され、ロナーク家の門前に陳列された事件である。

無言の圧力を受けたロナーク男爵は精神的動揺を受け、王女率いる改革派からの離脱を表明中である。それを防ぐための剣爛《けんらん》武闘祭参戦なのだが、直接的にも間接的にも妨害を感じなかった。

唯一、バルムンクの気配を感じるとすればそれは娘のシスティーナの参戦だけだが、彼女の純粋な表情を見ていると、背後に彼の手ぐすねは見えない。バルムンクの娘であるシスティーナは父を尊敬しているようだが、父の暗黒面は知らないように見える。国のために尽くす〝嫌われもの〟と認知しているようだ。暗殺や謀略に手を染めるものという認識は持っていないように見える。

この大会に参加したのも俺と戦うためだと思われる。

「よく考えれば変だな。俺を参加させたことも。参加後の妨害がないことも」

参加を許したのは剣爛武闘祭中に返り討ちにした方が王女の声望が下がる、と判断したからかもしれないが、その後、声望を下げるような妨害はない。

ロッカールームには画鋲《がびょう》も剃刀《かみそり》も仕掛けられていないし、嘘《うそ》の時間を教えられることもない。提供される水には毒物の類いは一切入っていなかった。

バルムンクの息が掛かった強敵もシスティーナくらいだった。

「俺が優勝しても気にしないのだろうか」

たかだが王女の護衛などいつでも始末できる、と思っているのかもしれない。

いや、思っているのだろう。

そのように結論を纏《まと》めかけたとき、場内にざわめきが起こる。

システィーナの試合が始まったのかと思ったが、そうではないようだ。その横の会場で戦闘を行っている一般生《エコノミー》のデュオが人間離れした戦いをしたのである。

例の人形のようなデュオ。

およそ感情を感じさせない動きをする男女のペアは俺が覚えた違和感を現実化させる。

激闘の末、対戦相手の槍《やり》を腹に受ける少年、防御障壁を貫き、腹に大穴をうがつ。

少女のほうも対戦相手に右腕と右膝から下を一刀両断される。

「す、すげえ、容赦ねえ」

「あそこまでしないでもいいのに」

「なにを言ってるんだ。血のない祭りほどつまらないものはねえよ」

観客は男女ペアの残忍さに恐れおののくが、同時に興奮もしているようだ。いにしえからパンとサーカスと呼ばれているように、決闘は人の血をたぎらせる効果があるようだった。

「自分たちが舞台に立たないからって、勝手な連中だな」

防御障壁を破られ、物理攻撃を受けた人形たちは瀕死《ひんし》の重傷を負う。

通常、そこで勝負ありなのだが、剣爛武闘祭の主催者は試合を止めなかった。見れば禿《は》げ上《あ》がった頭皮を持つ執事服の男がなにやら指示をしている。

お偉いさんの横やりが入ったようだ。

会場の熱気にやられて「血祭り」を見たくなった大貴族でもいるのだろうか。あるいは――。

そのように想像を巡らすが、一介の参加者にはなにもできない。一方的殺戮《さつりく》ショウを見物するしかない。

（……これ以上は見ていられない。止めに入るべきか）

結果、不合格になろうが、仕方ない。妹も殺人を傍観するような兄など持ちたくないと考えてくれるはず。俺の意志に呼応するように、妹も腰の宝剣に手を伸ばす。

改めて妹の正義心に感心するが、彼女の正義心が試されることはなかった。

槍で大穴を開けられた少年の腹部がうごめきだしたのだ。露出した内臓が別の生き物かのように動き始め、拡大生産していく。特に腸《はらわた》が爆発的成長をする。多頭竜《ヒュドラ》のように腸をうごめかせ、伸縮させる。

その光景を見た槍使いは顔面を蒼白《そうはく》にさせるが、次の瞬間、腸によって手足と首を拘束される。

「……なんだよ、あれ」

「ば、化け物だ……」

会場のものは等しく驚愕《きょうがく》した。

一方、少女のほうも常軌を逸している。失われた四肢の根元から血管が伸び出ると、それが切れ落ちた四肢を拾い上げる。血管の先からあぶくが出て切れた四肢を結合している。

人間離れした光景――、いや、事実、彼らは人間ではないのかもしれない。この世界には機械仕掛けの人間《オートマタ》や人造人間《ホムンクルス》と呼ばれる疑似生物がいる。国や都市によっては彼らにも市民権が与えられることがあるのだ。

ここは魔法の国であるし、先進的な王都、オートマタやホムンクルスも普通に歩いているのだ。

ただ、市民権が与えられてはいるが、人権が与えられているかは別の話。彼らは性的倒錯者や異常者の実験台にされることも多かった。

目の前の少年少女も似たようなものだろう。おそらく、ホムンクルスだろうが、このような重傷を負っても即座に回復できる〝処置〟が身体《からだ》に施されているのだ。これは身体に多大な負荷を与えるはず。彼らの強靱《きょうじん》さは寿命と引き換えのはずだった。

見ればシスティーナも気がついているらしく、絶句している。哀れみ、あるいは同情の視線を送っていた。

「……惨《むご》いことをする」

俺とシスティーナは彼らの境遇を哀れんだが、彼らは気にすることなく、戦闘を継続する。

哀れみや憐憫《れんびん》の感情を理解することができないのだろう。彼らはただ戦うことを命じられた生物だった。

自分に重傷を負わせた対戦相手に反撃する。

異常な回復力を持つ戦闘人形に対戦相手は驚愕する。自分たちの最強攻撃が通じないことに動じたのだ。あるいはその最強攻撃を間断なく続ければ戦闘人形たちの回復力を凌《りょう》駕《が》する可能性もあったが、一度恐怖を覚えた戦士は使いものにならないものだ。

対戦相手は防戦一方になり、やがて抵抗が無益であると悟ると、白旗を揚げた。

審判に降伏を申し出た瞬間、ホムンクルスの少年少女の攻撃がぴたりとやむ。

彼らに闘争心はない。

ただただ制作者の命令のままに戦う人形なのだ。

その姿を見てシスティーナは「哀れな……」と、つぶやいた。

姫様もメイドも妹も同様の感情を抱いているようだ。

俺も同じであるが、彼女たちと違うところは決勝を見据えているところだろうか。

先ほどの戦いでこのホムンクルス・デュオが最強であると悟った。

トーナメント表を見れば特待生《エルダー》デュオと激突するが、彼らに勝つことは出来ないだろう。

仮にもしも決勝でシスティーナが当たっても同じだった。

その考察に反論する神剣。ティルが青白く輝き反論する。

『ちょっとそれはなめすぎじゃない？　ワタシは何度も剣を交えたから分かるけど、ティナはなかなかの実力者だよ』

「ああ、それは知っている剣技だけを見ればエレンを凌駕しているだろう」

『ならワンチャンあるんじゃ』

「ないね。剣爛武闘祭デュオはふたり一組が基本の大会、片方の実力が図抜けていても限界がある」

『あ、そうか。ティナの相棒は即席ひょろ眼鏡だもんね』

「実力もだが、信頼感もないしな」

『納豆を食べたくなるほど納得』

「…………」

おっさんのような物言いに呆《あき》れるが、無視する。

「それに仮にシスティーナのデュオが彼女の双子の妹だとしても結果は同じだ」

『え、そうかな。ティナがふたりいたら無敵だと思うけど、リヒト×エレンデュオに匹敵すると思うよ』

「ああ、そうかもしれないな。デュオ武闘祭は互いの連携が大事だ。しかし、あのホムンクルスの少年少女にそのようなものは些細《ささい》なことでしかない」

『どゆこと？』

珍しく神妙な声色で尋ねてくるティル。

俺は短く答える。

「あのホムンクルスのデュオは人の形をした化け物だよ。人間の手に負える相手じゃない」

その回答を聞いた聖剣は沈黙によって俺と危機感を共有した。

システィーナ・バルムンクはランセル・フォン・バルムンクの娘である。

フォンの名を冠していないのは非嫡出子だからだ。

彼女は落とし子といわれる存在で、妻以外の女性から生まれた存在である。

システィーナは母の名前すら知らない。

彼女はシスティーナが生まれたときに死亡したのだ。以後、炭焼き小屋の夫婦に引き取られた。

父はシスティーナの存在を知っていたが、引き取る意志はなかった。

最低限の生活費を炭焼き小屋の夫婦に渡すだけだったという。

非嫡出子であるシスティーナに愛着が湧かなかった、ということではないらしい。なぜならばバルムンクは嫡出子すら愛していなかった。

後継者となる嫡出子たちには湯水のように金を使い、不自由はさせていなかったが、一片の愛情も持っていなかった。それを証拠に剣の達人であるバルムンクは息子たちに一度も剣の稽古を付けたことがない。才能があれば馬糞《ばふん》拾いの少年にも剣の手ほどきをする男が、である。

朝食も、昼食も、夕食ですら一緒にすることはない。

幼き頃に息子たちの才能を見限って以来、バルムンクは息子たちを、バルムンク家の血統を後世に残す手駒としか見なくなったのだ。

そんな父であるが、システィーナは彼のことを尊敬していた。

ラトクルス王国繁栄のため、深夜まで書類仕事に没頭する父。

剣の道にも優れ、鍛錬を欠かさぬ父。

この世界のありように疑問を持ち、よりよき方向に導こうとする父。

どの姿を切りとっても尊敬の気持ちしかわかない。

システィーナはそんな父を敬愛していた。彼に認められようと躍起になっていた。だから養父母が止めるにもかかわらず、毎晩毎朝、剣の稽古に明け暮れた。

女の子がそんな物騒なものを振り回すのはよくないと叱られながら、鍛練を積んでいった。

実際、システィーナには才能がなかった。

バルムンクの娘にもかかわらずその体内に魔素がほとんど含まれていなかったのである。

養父は言う。

「おまえはバルムンク的ではない。だから見捨てられたのだ。しかし、私はおまえを実の娘のように思っている。おまえには普通の人生を歩んでほしいと思っている」

養母も似たようなことを何度も言った。

しかし、システィーナはバルムンクでありたかった。

バルムンク的な生き方を欲《ほっ》していた。

父の役に立って死にたいと思ったのだ。

だから才能がないにもかかわらず鍛錬を続けた。

血豆が握り潰れるほどの修練を重ねると、父の馬車が通る道を調べ上げ、馬車の前に飛び出る。

父には無数の護衛がいた。

血相を変えて飛び出してきた幼女でも容赦なく取り押さえようとしたが、父は娘の瞳に確かな意志を見いだすと、拘束を解かせた。

「おまえはおれの落とし子だな」

「はい。父上が末娘でございます」

「昔、情を掛けた女に産ませた子だ」

「はい。母に代わって御礼申し上げます」

「なんの用があってやってきた？」

「どうかあたしを父上の家臣にお取り立てください。この剣で必ず役に立って見せます」

「その剣だと？」

バルムンクの護衛は疑問を呈す。システィーナは剣を帯びていなかった。

「養父母は剣を嫌います。だからこれで練習をしていました」

そう言うとシスティーナは後方においていた大木を指さす。

「なんだ、その丸太は。そのような小さな身体で振り回すことなど無理に決まっているだろう」

嘲笑する護衛、しかし、父の表情は真剣だった。父は寡黙に一言だけ発する。

「やれ」

と。

父は忙しい人間だ。武芸を披露するチャンスは一度だけ、これを逃せば二度とバルムンクになれないだろう。そう思ったシスティーナは全身の力を込め、大きな丸太を持ち上げた。

無様な格好だった。がに股で汗まみれ土まみれ、貴族の令嬢らしさは皆無。およそバルムンク的でなかったが、周囲の護衛は驚愕した。絶対に持ち上げられないと思っていたのだろう。

　ざわめきに包まれるが、父は甘い人間ではない。

「持ち上げるだけならば力自慢の大道芸人でもできるぞ」

「……御意」

　当然だと思ったシスティーナは持ち上げた丸太を振り下ろす。

　そこにあった岩を粉砕する。

　岩を破壊するなど魔法剣士には朝飯前であるが、魔力を持たぬ幼女が岩を破壊するのは特筆すべきことであった。護衛たちは息を呑《の》み、システィーナの中にバルムンクの片鱗《へんりん》を見た。

　父はその姿を見て、納得するでもなく、ただ一言いった。

「この娘にドレスを着せてやれ。落とし子とはいえバルムンクだ」

　その一言によってシスティーナはバルムンクとなった。

　システィーナはこの世に生まれてから一番の感謝を神に捧《ささ》げた。

　システィーナは幸福に包まれながら目覚める。

　バルムンクになった日を夢に見たからだ。

「何度夢に見ても至福のときだ」

悦に入りながらメイドに服を着替えさせるが、その途中でとんでもない報告を聞く。

「旦那様がお嬢様に剣を一振り届けろと」

正式な落とし子になって以来、物質的な不自由はしてこなかったシスティーナ、ゆえに気まぐれで新しい大剣でも下賜《かし》してくださるのだろう、と思ったが違った。父親のプレゼントは想像の上をいったのだ。

「こ、これは⁉」

メイドが数人がかりで持ってきたそれは、

〝神剣〟

だった。

「これはエッケザックス……」

かつて神話の巨人が持っていたと言われる大剣、巨人殺しの巨人と謳《うた》われる聖なる剣だった。

この剣を握りしめたものは巨人に勝る膂力《りょりょく》を手に入れるという。

「これはバルムンク家伝来の神剣のひとつ。……父上はこれを落とし子のあたしにくださるというのか」

「いえ、それは違います」

メイドは即座に否定する。

「これは一時的に貸すものだとおっしゃっていました。近くその剣の正当な所有者が現れる。そのものにそれを渡せ、と言付けを承っています」

「そうなのか……」

残念さを隠さないシスティーナ。

「おまえは残念に思うだろうが、この使命は誰にでも果たせるものではない、と旦那様はおっしゃっていました」

「そうなのか？」

少しだけ嬉《うれ》しくなるシスティーナ。

「はい。その剣の真の所有者はバルムンク家の敵。さる事情でそのものに塩を送っているが、いつか討ち果たさねばならない、とおっしゃっておりました」

「なにやら複雑だな」

「そうですね。バルムンク様には深慮遠謀があるのでしょうが」

「脳筋のあたしには分からぬ。ただ、父上のお言葉に従うのみ」

そう言うとエッケザックスを抜き放つ。

細身のシスティーナに力がみなぎる。

今ならば山すら動かせそうな気がした。

巨人殺しの巨人は噂《うわさ》に違《たが》わぬ神威《かむい》を持っていた。


一方、その頃、同じ年頃の銀髪の少女は危機感を覚えていた。

アリアローゼ・フォン・ラトクルスは固有の武力を持ち合わせていなかったが、とても優れた観察眼を持っていた。

「私は卵を産むことはできないが、雌鶏《めんどり》の善《よ》し悪《あ》しは見分けられる」

何代か前のラトクルス国王が言った言葉である。彼は文化的な王として知られ、芸術の守護者であったが、自身は絵筆も取らず、楽器も弾かない。しかし、芸術家の才能を見いだす力は誰よりも長《た》けていた。

アリアもその王のような目を持ちたいと願っていた。

芸術に関することではなく、信を置く人物を見極める力がほしいのだ。

もっかのところ、その目は養われつつあったが、最も頼りとすべき騎士が窮地に立たされているのである。

王女の騎士リヒトに強敵が迫っているのだ。

剣爛《けんらん》武闘祭デュオに参加した人造人間、名前はアダムスとイブリア。

武闘祭前はまったく注目されなかった生徒であるが、武闘祭決勝トーナメント一回戦で躍注目の的となった。

人造人間らしい戦い方で敵を圧倒したのだ。この学院には非人間も何名か通っているが、彼らのように戦闘に特化したタイプは珍しいかもしれない。

あのような強敵が潜んでいようとは夢にも思っていなかった。

このまま順当に行けばリヒトと決勝で戦うことになるだろう。

リヒトは神剣に選ばれしものであったが、人の子である。人外の力を持つ人造人間に苦戦するかもしれない。

いや、するだろう。

しかもそれだけでなく、リヒトの命が危ういかもしれない。

政敵バルムンクの顔が浮かぶ。

ラトクルス王国の財務大臣、この国の最大権力者。病気がちの父王に代わり、この国の内政を取り仕切る男。

彼は王選定者《キングメイカー》としてこの国の権力を掌握するつもりだった。軍部さえ掌握し、なにか遠大な計画を成就《じょうじゅ》させせようとしているのだ。

ラトクルス王国による世界征服を目指すのか、彼の思想に教化したいのか、それは定《さだ》かではないが、彼がこの国を支配するようになれば、多くの人死にが出るだろう。それだけは避けたかった。

「バルムンク侯の野望を阻止するには、リヒト様の力が必要不可欠。しかし、人造人間は強敵、リヒト様でも苦戦は免《まぬか》れないでしょう」

アリアローゼは鈍い娘ではない。人造人間がバルムンクの手先だと直感し、マリーに調査をさせていた。人造人間の生徒ふたりの学費は、バルムンクが運営する慈善団体から出されており、バルムンクが所長を務めていた薬学研究所の研究員が足繁《あししげ》く彼らのもとへ通っていた。

ちなみに〝記録上〟は数年前から通っていることになっているが、クラスを精査しても誰もイブリアとアダムスの顔を覚えていなかった。

写真を見せても皆、このような顔はしていないと言う。

おそらくではあるが、イブリアとアダムスという生徒は存在するが、人造人間たちとは別人なのだろう。バルムンクが剣爛武闘祭に参加させるため、戸籍ごと買い取ったのかもしれない。

用意周到さはさすがバルムンク侯であるが、証拠を残しているのは手落ちともいえた。

「……いや、違う。そうではない」

マリーが報告してくれた言葉を思い出す。

「究極生物兵器……」

人造人間を調査するにあたり、浮上した言葉である。

どうやらバルムンクは剣爛武闘祭を究極生物兵器の実験台にしたいようだ。

そこまでは推察できるのだが、人造人間自体が究極生物兵器なのだろうか。

彼らの実力は脅威であるが、戦場を支配できる〝暴力性〟は今のところ感じない。それに〝あの〟バルムンクがこんなに簡単に尻尾をつかませるのもおかしいような気がした。

もうひとつ〝裏〟がありそうな気がした。

その裏がなんであるか、分からないが、アリアとしてはバルムンクに対抗する力を得るだけであった。

アリアは究極生物兵器に抗するための力を探している。マリーに古い文献を探させているのだ。

先日、『善悪の彼岸』によってリヒトを強化させることに成功した。

通常、一本しか支配できないはずの神剣を二本同時に使用できるようにしたのだ。ふたりの少女の生命力を糧《かて》とし、究極の無属性魔法を放ったのだ。

それによってリヒトは最強不敗の力を手に入れたが、人ならざるものと戦うにはさらなる力が必要な気がした。

マリーの途中報告によれば、二天を極めし調停者はみっつの目の天を得る、という予言があるらしい。

言葉通りに解釈すれば三刀流になるということだろうか……。

口に刀をくわえた海賊を想起してしまうが、現実世界であれは可能なのだろうか。歯がガタガタになってしまいそうな気もするが……。

そのように詮無いことを考えていると、授業開始を告げる鐘の音が鳴った。

†

剣爛武闘祭決勝トーナメント二日目。

武闘祭は放課後、行われる。

学院の正式な行事ではあるが、勉学の邪魔にならないように、との配慮である。

トーナメント制なので、あと二日ほどで全日程を終えるが、後夜祭でダンスを行うのはどのデュオであるか、学内の話題を独占していた。

「そりゃ、最強の下等生《レッサー》と次期十傑候補のエレンのデュオだろう」

「予選もすごかったし、トーナメント緒戦でも無双してたしな」

「兄妹《きょうだい》ってのもポイントが高い。連携力がすさまじい」

「萌《も》えポイントでもあるよな」

「…………」

評価急上昇中のエスターク・デュオ。先日まで下等生《レッサー》と馬鹿にされていた身ゆえに素直に喜べないが、優勝候補筆頭に見られているようだ。

「おまえたちデュオの倍率は二倍を切ってるんだぜ」

友人であるクリードがにやけ顔で語りかけてくる。

「二倍とは？」

「オッズだよ、オッズ。ブックメイカーがおまえたちを優勝候補にしたんだ」

「まったく、不謹慎な連中だ」

「そう言いなさんな。ちなみにおれはおまえたちに賭けたぜ。もしもおまえたちが負けたらしばらく昼飯が貧相になる」

「成長期の友人に断食《だんじき》させるのは申し訳ないから頑張って優勝するが、以後、賭け事は禁止だ」

「はーい、せんせ」

と戯《おど》けるクリード。しかし迷うことなく俺に賭けてくれたことは嬉しかった。エレンとアリアの人生も懸かっているので優勝することに迷いはない。

授業が終わるとクリードとともに会場に向かうが、クリードは疑問の声を上げる。

「黄色いハンカチなんて趣味が悪いな」

俺の持ち物を遠慮なくけなす。

胸ポケットから覗《のぞ》いている黄色いハンカチを悪趣味と断言するクリードだが、それには俺も同意だった。しかし、最近、風水にはまっているメイドさんが験担《げんかつ》ぎに絶対身につけろと言い張って聞かないのだ。

先輩であるし、小うるさいので全面的に服従しているが、昨今、彼女の風水も馬鹿に出来ない事情もあった。

バルムンク侯爵調査に風水が役立っているそうで。

彼女は風水によって侵入捜査の日取りや突入経路を決め、成果を上げていた。忍者メイドの本領を発揮していたのだ。

それを横目で見ていた俺は、あやかるのも悪くないという境地に至ったわけだ。

無論、詳細は説明できないが、御利益《ごりやく》だけ説明すると、会場側に設置された練習場に向かった。

妹は先にやってきて素振りをしていた。

「千二、千三、千四……」

どうやら妹は早めにやってきていたようで、準備に余念がないようだ。

偉いので頭を撫《な》でてやる。

骨抜きにされたゴールデンレトリバーのようになる妹。しかし、準々決勝前なのですぐに表情を取り繕う。

「準々決勝の相手は十傑の氷炎使いです」

「クラスメイトだな」

「そのようですね。たしかアリアローゼ様に懸想《けそう》されているのですよね」

「ああ、炎使いの男子のほうがお熱だ」

「炎だけに、ですね」

「…………」

「ちなみに炎使いの名前はエルラッハ、氷使いはエルザードというそうです。双子のようですね」

「髪の色以外はそっくりだな」

よっしゃー、と強気に会場入りするエルラッハとその影のように付き従うエルザード、炎は強気、氷は控えめ、分かりやすい性格だ。

「彼らは十傑入りしたばかりの新入りだそうです。十傑の下位にランクされますが、双子ということもあり、連携力はあなどれないはず」

「だな。我らエスターク兄妹を上回るかもしれない」

「その分は愛で補いあいましょう」

腕を組んでくるエレン、そのまま舞台の上に上がろうとする。

やれやれ、と妹にエスコートされる俺だが、エルラッハはその態度を見て怒りを燃やす。

「これだから下等生《レッサー》は。盛りの付いた犬と変わりがない」

なんだと、とは返さない。三流ぽくなってしまうからだ。

挑発に乗ってこない俺にいらだちを隠さないエルラッハは言葉を荒らげる。

「おまえのような犬を護衛に持ったアリアローゼ様は不幸だ。この試合に勝ったら俺が王女の騎士の称号を貰《もら》う」

「なるほど、たしかに忠誠心は篤《あつ》いようだ。おまえのような男ならば王女の騎士の位を譲ってもいいが、たぶん無理だ」

「なんだと、説明しろ、三下」

「おまえじゃ俺に勝てないからだよ、赤毛ちび」

小柄な少年は赤毛を逆立てる。

「俺が一番気にしていることを言ったな、下等生《レッサー》」

「背だけじゃなく、器も小さい男だな」

それが宣戦布告の合図となった。

審判が試合開始を宣言すると同時にエルラッハは己の剣に焔《ほのお》を宿し、斬撃を加えてくる。

「姫様とイチャイチャしてるだけでもむかつくのに、オレの身長をいじるとは気にくわねえ」

「イチャイチャなどしていないが。しかし、人の身体的特徴をいじるのは質《たち》が悪いな。謝る」

――謝るが、これはすべて計算の上だった。開始と同時にやつが斬撃を加えてくれるように仕向けたのだ。炎使いならば炎の一撃を加えてくるはず。そう見越して神剣に水魔法を付与していたのだ。

炎には水、最初の一撃で剣をへし折り、勝負を決める。

水魔法で強化した上、北部で習得した剣破壊技《ソードブレイカー》を打ち込むのだ。

ソードブレイカーは北部で暮らしていたときに出会った旅の武芸者から習った必殺技である。

世界中を放浪している伊達男《だておとこ》。おそらく、剣技だけならば父にも匹敵する男から習った必殺技だった。

その男は活人剣こそが究極の剣と信じており、人を殺さぬ技を極めるために旅をしているとのことだった。

父に気に入られ、短い間ではあるが、エスタークの城に滞在し、子供たちに剣を教えてくれたのだ。

伊達男の鍔広帽《つばびろぼう》を懐《なつ》かしく思うが、今は試合の最中、彼の人となりよりも技を思い出すべきであった。彼から習った活人剣のひとつ、ソードブレイカーを完璧に再現する。

「剣を斬るには角度が大事だ。どんな堅いものにも斬ってくれ、と言わんばかりの目がある」

それを見つけ、垂直に剣を叩《たた》きつける。インパクトの瞬間、ひねりを加えるのだが、口で説明するのは簡単でも、百発百中で成功させるには何万回もの練習が必要であった。そして俺はそれをこなしてきた。

ゆえに容易にエルラッハの炎剣を斬り裂けるはずであったが、そこに横槍《よこやり》が。俺が剣を砕くと予見した少女が代わりに剣を受け止めたのだ。

炎ではなく、氷が目の前に広がる。

炎を砕く予定だった俺は面くらい後方に飛ぶ。横槍を入れられたエルラッハも同様だった。相棒に文句を言う。

「エルザード、なにをする。こいつは俺の獲物だと言っただろう」

それに対する反応は冷ややかで簡潔だった。

「馬鹿。相手の実力も分からないの？」

「なんだと」

「あの一撃を受けていれば剣を打ち砕かれていた。あれは活人剣の一種、ソードブレイカーよ」

「な、そんな高難度の技をこんな下等生《レッサー》が」

「いい加減、目を覚ましなさい、エルラッハ。恋に狂った色眼鏡で相手を見ていれば不覚を取るわ。あなたはこの男を倒したいのでしょう。ならば正確に相手の実力を察して、相応の戦い方をしなさい」

「…………」

　双子の姉の言葉に感じ入ったエルラッハは冷静な表情を作る。

「……そうだったぜ。そうだ。炎のように熱く、氷のように冷静に。それがオレたち姉弟《きょうだい》の信条」

「そういうこと」

　エルラッハの回答に満足した姉はにこりと微笑《ほほえ》む。

　以後、彼らの動きは見違えるようによくなった。双子独特の連携力で詰め寄ってくる。

「っち、やりにくい」

　やつらの剣撃と氷炎魔法をかわしながらエレンと相談する。

「イノシシ討伐に失敗した。このままでも負けないとは思うが、決め手もない。なにかいい策はないかな？」

「熱いベーゼでパワーアップするというのは？」

「どんな根拠で？」

「淫《みだ》らな魔女は、体液交換によって魔力を高めます」

「おまえはともかく、俺は脱力するよ」

「ならばもう一度、水の太刀をエルラッハに」

「同じことになる。炎で水を消せるが、氷に邪魔される」

先ほどの一撃で霜が付いた神剣を見る。ティルは『へっくし』とくしゃみをする。

「同じように行動すればそうなりますが、次は私も同時に攻撃します」

妹のエレンはエスタークの宝剣に炎を宿す。

「なるほど、デュオの利点を活《い》かすのか。悪くない」

「問題なのはあの姉のほうが感づいているということです。警戒しています」

「その警戒の上から相手を上回ればいい。俺には秘策がある安心しろ」

「さすがはリヒト兄上様です。それでは次に交差するときに決めますよ」

妹はそう言うとジグザクに動き始める。相手のターゲットをずらし、姉弟の距離を微妙に空ける腹づもりのようだ。さすがは我が妹、この辺は如才ない。

氷使いの姉は即座に意図を察したが、エレンの動きが巧妙過ぎたのと、弟の炎使いが直情的すぎた。最適の距離を取ることに成功する。

それを見た瞬間、俺は自分の策の成功を確信する。

「エルラッハ、あなたという子はどうしてこう――」

姉は呆《あき》れるが、怒りは覚えていないようだ。どこまでも慈《いつく》しみを感じる。

弟は相変わらずのやんちゃだった。

「姉さんはなにを言っているんだ。オレたちの勝ちだ。今、最強の一撃を加えるぜ」

焔術式紅蓮《えんじゅつしきぐれん》の太刀。それがエルラッハ最強の技であるようだ。火山の噴火口に立っているかのような威圧感を覚える。その威力はすさまじく、もしもまともに食らえば俺は灰になっていたことだろう。——まともに食らえばの話だが。

俺はやつの剣を破壊すべく、水の太刀のソードブレイクを放つ。

やつは水の魔法さえ蒸発させる腹づもりのようだが、そうはいかない俺の魔法剣はやつの上位を行く。

流れる滝のような一撃がやつの剣に迫るが、やはりやつの姉はただものではなかった。

エレンの攻撃を振り払いしゃしゃり出てくる。

「エルラッハはやらせない。——大切な人だから」

大切な〝弟〟ではないところが気になったが、今はそのようなことを詮索している暇はなかった。このままでは先ほどと同じ結末が待っている。水の太刀が凍らされる結末だ。同じようなことを繰り返せば芸がないし、敗北に繋《つな》がってしまう可能性もある。

俺は容赦なく策を実行した。

策と言っても単純なもので、ティルフィングの水の太刀がエルザードの氷によって防がれた瞬間、左手のグラムを抜き放つだけだ。

あらかじめ炎の魔法を付与しておいたグラムは烈火の抜刀術を放つ。

炎の稜線《りょうせん》が空を裂く、炎の線がエルザードの剣に襲い掛かるが、彼女も見事なもの、完璧にその一撃を受けきった。

——だが、氷は炎に弱いもの。

エルザードの氷の剣が飴《あめ》細工のように溶けていく。

炎の魔法とソードブレイクを合わせた必殺技は、特待生十傑《エルダー》の剣すら破壊するのだ。

驚愕《きょうがく》の表情でその一撃を見つめるエルザード、もはやここまでと観念しているようだ。

俺は容赦なく彼女の剣をへし折ると、魔剣グラムを彼女の首もと数センチで止めた。

「……慈悲なの？」

「ああ、防御障壁があるとはいえ首に一撃を与えればただじゃ済まないからな」

「なんて甘い。そんなことでこの武闘祭を勝ち抜けると思っているの？」

「甘かろうが、辛かろうが、勝ち抜くしか選択肢がなくてね。でも、君はこれ以上抗戦せずに降参してくれると思っているのだが」

「私は恥という言葉を知っている。ここまで実力差を見せられたら負けを認めるわ。でも、弟が……」

「弟には甘いんだな。降伏勧告してくれると助かるんだが」

「無駄かも、弟は血気盛んだから……」

申し訳なさそうに言うエルザード。共闘して抵抗を続けられるよりましだと思った俺は、エルラッハの姿を捜すが、彼はいつの間にかエレンと抗戦していた。

焔術式紅蓮の太刀をエレンに解き放とうとしている。

「まずいわ。あの一撃を食らえばあなたの妹はただじゃ済まない」

「だろうな。あの技の攻撃力は特待生《エルダー》でも堪えられないだろう」

「ごめんなさい。これで一対一になってしまうわね。弟もあなたには勝てないとは思うけど、勝負が付かないと収まりが付かない性格だから」

「ご心配は痛み入るし、やんちゃな弟の世話は大変だと思うが、それは杞憂《きゆう》だ」

「どういうこと？」

「あいつはああ見えて俺の妹なんだ。悪いが十傑の下位に甘んじている君らでは勝てない」

俺の言葉を証明するかのように妹は流麗な動きをする。

焔術式紅蓮の太刀が解き放たれたのを確認すると、それを受けることなく、避けることもなかった。

ただ〝利用〟したのだ。

宝剣を炎の剣に付けると、そこから焔を吸収し始めるエレン。

「な、あれは⁉」

「あれは伊達男《だておとこ》師匠からならった活人剣のひとつ、相克同心剣」

「相克同心剣？」

「そうだ。相手の必殺技をそっくりそのまま相手に返すのさ」

「そんな技が」

「妹の得意技だ。一度相手の技を見なければいけないこと。それに相手の必殺技に触れなければいけないが、相手と同じ威力の必殺技を瞬時にコピーできる」

「すごい」

「もっと褒めてくれ。自慢の妹なんだ」

「でも、威力はコピーできても経験までは補えないはず。弟は焰術式紅蓮の太刀を何度も解き放っている。初めて放つ娘に負けるとは思えない」

「なるほど、その通りだ。しかし、その点は問題ない」

「根拠はあるの？」

「あるさ。妹は〝天才〟だ」

剣術は後の先を極めよ、が基本であったが、真の実力者は後の後の動きを取っても相手を圧倒できるもの。俺の父親であるテシウス・フォン・エスタークがそうであるように、その娘であるエレンもまた〝天才〟だった。

相手よりも遅れた動作、さらに初めての技を解き放つというのに、エレンはまったく後れを取らなかった。いや、それどころか相手よりも速く、鋭い一撃を放つ。

「焔術式紅蓮の太刀」

赤毛の少年と黒髪の少女が同時に放つ言葉であるが、着弾は黒髪の少女のほうが早かった。コンマ数秒であるが、達人同士の戦いではそれが決定的な差となって現れる。

焔術式紅蓮の太刀、その威力はすさまじく、まともに受けたエルラッハの顔は苦痛にゆがむ。ボキボキ、あばらが三本、鎖骨が一本、折れる音が木霊《こだま》する。

小さな身体《からだ》が数十メートルほど吹き飛ぶ。

そのまま会場端にある壁に激突しそうになるが、それは避けられる。予期していた俺が後方に回り込み、その身体を受け止めたからだ。

魔法によって衝撃を緩和し、打撃ダメージは防いだが、炎による熱ダメージは避けられない。エルラッハは気絶していた。

しかし、気絶してくれて助かったかもしれない。この戦意旺盛な若者は意識を絶たない限り、戦闘を継続することだろう。

姉もそれを分かっているらしく、例の言葉で締めくくってくれた。

「ありがとう。弟を助けてくれて。それに上には上がいると改めて教えてもらったわ」

「俺たちも世間には思わぬ強敵もいると教わった、自分たちよりも連携力に優れるものがいることもな」

俺は姉と握手をすると、互いの健闘を称《たた》え合った。

スポーツマン精神にあふれる行動に会場から拍手が漏れ出るが、妹は気に入らないようで頬を膨らませる。

「リヒト兄上様、女性に触れないでください」

「握手も駄目なのか」

吐息を漏らすが、準々決勝勝利の立役者様を無下にすることは出来ない。適当なところで握手を切り上げ、舞台を降りる。

軽くエルラッハとエルザードを見るが、ふたりは比翼の鳥のように仲睦《むつ》まじかった。姉と弟の深い絆《きずな》と愛情が感じられる。

(……弟を思う気持ちが姉に何倍も力を与えているのかもな)

そのように思考を纏《まと》めると、歓声と喝采に包まれながら、俺たち兄妹《きょうだい》は寮へと戻っていった。

そんな兄妹を見つめるのは禿頭《とくとう》の執事。

「さすがはエスターク伯爵の子供、どちらもあなどれない」

兄のほうは最強にして不敗であると認知していたが、その妹もなかなかどうして強かった。

「あのふたりは将来、バルムンク家の脅威になるやもしれない」

そのように感じたが、それでも執事には余裕があった。

バルムンク家の勢力はこの国の最大勢力であったし、その当主はこの国でも有数の魔法剣士なのだ。負ける要素などどこにもなかった。

それに執事は無為無策ではない。

すでに対処をしていたのだ。

「バルムンク家が用意した二段構えの策、乗り越えることができるかな？」

不敵な笑みを漏らす執事。

一段目の策は主《あるじ》バルムンクが用意したものだ。究極生物兵器をけしかける真っ向勝負であった。

しかし、もうひとつの策は搦《から》め手《て》であった。主、バルムンクの意向に背くものである。

しかし、執事は気にせず実行する。

「バルムンク家に仇《あだ》なすものはこのハンスが必ず倒す。それによってランセル様に不興をかっても仕方ないこと」

それがバルムンク家に執事の矜持《きょうじ》であった。

†

エッケザックスを拝領したシスティーナ。

剣を得た瞬間からテンションは上がりに上がり、その日は眠れないほどであった。

「落とし子である我が神剣を手にする日がこようとは」

エッケザックスを神棚に飾り、抱きしめながら眠る。

無意味に打ち粉をしたり、刀身を鏡代わりにしてにやり。

長年仕えてくれたメイドいわく、

「控えめに言って気持ち悪い」

という言葉を貰《もら》うほど、有頂天であった。

「一時的とはいえ、神剣を受領すると言うことは正式にバルムンク家の人間と認められたも同然だからな」

悲願を成就《じょうじゅ》した喜びはひとしおである。

にんまりし続けているとメイドは言う。

「おめでとうございます。わたしはお嬢様が正式なバルムンクになる日を信じておりました」

「ありがとう」

「しかし、よろしいので？　お嬢様は魔剣グラムに執着していたはず」

「……まあな。しかしこれを取っかかりに功績を立てたい。父上に認められたい」

システィーナは自分に言い聞かせるようにそう言うが、数日ほどこの剣を振っても違和感が残されているのは事実だった。

（……長年使っていた大剣のほうが振りやすいな）

長年、使っていたのだから当たり前であるが、エッケザックスからはしっくりとくるものを感じ取ることが出来なかった。

（……いつか払拭《ふっしょく》できるといいが）

そのように願いながら、明日に備え眠る。

ちなみにシスティーナは超健康優良児、一日八時間は眠る。

夜の九時には眠りにつき明け方には目を覚ますのだ。

そのまま朝の修行に入るのが日課となっていた。

「明日は試合当日だから早めに起きるか」

そのようにつぶやくと、メイドは就寝の準備を整えてくれる。

髪をすいてナイトキャップを付け、ネグリジェを着せ、ホットミルクを飲ませてくれる。

この儀式を行えばものの一分で眠れる。

なにせシスティーナは健康優良児だった。

脳筋であり、悩みなどない娘なのだ。

――だからこのように過去の夢を見るのは〝稀《まれ》〟にしかないことであった。

「ほう、こいつが噂《うわさ》の脳筋娘か」

その言葉には明らかに侮蔑の成分が含まれていたが、システィーナは気を悪くすることはなかった。

自分の腹違いの兄、バルムンク家の後継者が自分を好いていないことを知っていたからである。

システィーナは新参であること、父の慈悲で家に置かれていること、父に迷惑を掛けてはいけないことを知っていたので、兄の侮辱を無視する。

──その右手は爪が食い込むほど握りしめられていたが。

「丸太を振り回して父に取り入ったというから、どんなゴリラが我が家にやってきたのかと思ったが、この雌ゴリラはスカートをはいているな。ゴリラのくせに生意気な」

自身の胸を叩《たた》き、うほうほとゴリラの真似《まね》をする長兄の精神は幼い。これで成人しているのだというのだから、バルムンクの未来は明るくなかった。

「…………」

システィーナは無言で屈辱に耐えるが、反応しなければ相手も面白くないのだろう、長兄は去って行った。

システィーナはため息を漏らしながらバルムンク家の宝物庫に向かった。

厭《いや》なこと、悲しいことがあるとここを訪れるのだ。

とあるものを見つめることによって心を慰撫《いぶ》するのである。

それは〝魔剣グラム〟であった。

バルムンク家の宝物庫に安置されている神剣のひとつ。

神剣の中でも業物として知られる黒みの剣。

特別製のガラスケースの中に存在するこの剣に触れられるのはバルムンク家の当主のみである
鞘《さや》に収まっている姿を見ているだけで夢心地になる。

工芸品としても一流であり、その切れ味を想像するだけでうっとりとする。

「……いつかこの剣を我が手に」

システィーナは心にそう念じることで、腹違いの兄弟たちの嫌がらせに耐えた。

鬱憤を晴らすかのように毎日、剣を振り続けた。

†

準々決勝を制すことが出来れば次は準決勝である。

準決勝の相手はシスティーナ・バルムンクとひょろひょろの眼鏡魔術師だった。

ひょろひょろの眼鏡の名はゲッツという。下等生《レッサー》に甘んじていることからも分かるとおり、魔術の才能はない。知能が劣悪なわけではないが、攻撃魔法が苦手なのだ。しかもかなりのおっちょこちょいなようで、マリーの報告によれば、魔術の授業で火球を放った際、的ではなく、クラスメイトにぶつけてしまったという伝説を持つ。

つまり戦力としては皆無で、実質、システィーナの武力のみで勝ち上がってきたデュオといえるだろう。

兄妹ともに最強である我がデュオとは対極であるが、準決勝当日、システィーナはこのような提案をしてきた。

「恥を忍んでお願いするが、明日の試合、あたしとリヒト、一対一で勝負を決めたい。妹御は介入しないでいただきたい」

その提案に対する妹の回答は、

「まあ、なんて図々《ずうずう》しい人でしょう」

だった。

怒るというよりも呆《あき》れると評したほうが適切か。

ただ、俺がそれを受け入れることも知っているようで、その提案を拒絶することはなかった。

「リヒト兄上様は優しい上に、頑固だから私がなにを言っても無駄です」

吐息を放つ妹。さすが付き合いが長いだけはある。俺はシスティーナの提案を受け入れるつもりだった。

奇妙な縁であるが、何度も決闘を重ねることによって彼女と絆が生まれつつあった。彼女はバルムンクの娘であるが、妙に馬が合うのだ。

騎士道精神にあふれるというか、曲がったことが嫌いなところなどは好感が持てる。

それに俺は彼女の新たな力に気がついていた。

背中にくくりつける大剣が替わっていたことに気がついたのだ。

（……あれは神剣だな）

存在感あふれるオーラ、神々《こうごう》しい雰囲気、俺の腰にある聖剣と魔剣に酷似した魔力を解き放っている。

魔剣グラムも即座にそのことに気がつく。

『あれはエッケザックスだな』

「エッケザックス？」

『巨人殺しの巨人と銘打たれている神剣だ。聖剣に分類される」

「ほう、そうなのか。厄介だな」

『台詞《せりふ》と表情が真逆だぞ』

どうやら俺はにたついているようで。

『まったく、剣士というやつは度しがたいな。ライバルがパワーアップすると喜ぶのだから』

「まあな」

『あの娘はおまえの主《あるじ》の政敵の娘なのだろう』

「だな。しかし、悪い娘とは思えない」

救いがたい男だ、グラムはそのように纏《まと》めると、以後、口を挟むことはなかった。魔剣グラムも武人的素養を持っている。エッケザックスを見て高ぶっていることは柄《つか》を通して伝わっていた。要はお互い様なのだ。


俺とシスティーナは一騎打ちをおこなう。

剣爛《けんらん》武闘祭は舞台の上から落ちれば失格であるから、エレンが先に飛び降りる。次いでひょろ眼鏡のゲッツが飛び降りる。

これでふたりきりとなったわけであるが、システィーナと俺は彼ら彼女らに感謝しつつ、言葉を交わす。

「剣が替わっているな」

「気がついたか」

「さすがにな。神剣だな」

「この大剣は我がバルムンク家の家宝のひとつだ」

「いったい、何本の神剣があるんだ」

「さてね、まあ、歴史が古い家系だからな」

「他人事《ひとごと》のようだな」

「あたしは落とし子だ。神剣は継承できない。一振りだけでもほしいとは思っているが」

「夢が叶《かな》ったじゃないか」

「願ったり叶ったり――ではないかな。この剣は預かり物だ」

「一時所有ってことか」

「ああ、しかしおまえを倒し、魔剣グラムを取り返せばこの巨人殺しの神剣を拝領できるかもしれない。場合によっては幼き頃から憧れ続けてきた魔剣グラムが我が手に……」

システィーナは悟ったような表情をすると、剣を振り回し、俺を指す。

「リヒト・アイスヒルク、貴殿に決闘を申し込む！」

「この魔剣グラムをかけて最後の決闘を申し込むということだな」

「ああ、そうだ」

「神剣を賭けた決闘で負けた場合、負けたほうは神剣を差し出すといういにしえの掟《おきて》を知っているか？」

「無論だとも。このような衆人環視の中だ。負ければ素直にこのエッケザックスを渡す」

「いいだろう。俺も負ければこの魔剣グラムを返却しよう」

グラムの鞘を摑《つか》み、ぐいっと突き出す。彼女は物欲しそうにグラムを見る。大剣使いであるが、グラムに一入《ひとしお》ならぬ思い入れがあるようだ。システィーナもグラムもなにも語らないので詳細は不明であるが。

「……まあいい。どちらしても負けるわけにはいかないからな」

この剣爛武闘祭で負ければ姫様の政治的立場は悪くなる。バルムンク派に対抗するどころか、姫様を支持するものがゼロになってしまうかもしれない。

今、バルムンク派を勢いづかすわけにはいかなかった。

それに妹の人生も懸かっているので負けることは許されなかった。

会場から俺を見つめる妹、それに級友のクリードを見る。

「あいつの昼飯代も懸かっているしな」

自重気味に笑うとそのまま魔剣グラムに手を伸ばし、抜刀術の態勢を整える。

グラム自身、抜刀術が得意な剣ということもあるが、この剣に思い入れを持つシスティーナを倒すにはこの剣がふさわしいと思ったのだ。己が求める剣に負けたのであれば、諦めもつくというものである。

それにエッケザックスのような大剣を相手にするには剛剣であるティルフィングよりも柔剣であるグラムのほうが相性がいいような気がした。

勝利の確率を高めるという意味でもこちらのほうが適切に思われる。

全神経を集中し、抜刀の瞬間を待つ。

システィーナが斬り掛かってきた瞬間に抜刀術を放つ。

初回の対戦はここから火花を浴びせ、勝負を決めたが、システィーナのような傑物に同じ手は二度と通じない。そもそも火の粉を発することが出来なかった。

「……流石は神剣、一筋縄ではいかないか」

「これが我が家伝来の神剣の力――！」

システィーナの新たな得物、エッケザックスは重厚な一撃を繰り出す。大剣とは思えぬ速度、角度で斬り込んでくる。

抜刀術で先手を取ったつもりが、返す刀で斬撃を食らいそうになる俺。もしも斬撃を受けたら俺は道化と呼ばれるようになるが、刹那の判断で上半身をひねり、なんとか斬撃をかわす。

「なんて神剣だ。その質量でそんな動きをするなんて」

「この神剣は所有者にとんでもない膂力《りょりょく》を与える」

「元々馬鹿力な上に神剣の加護か」

「そうだ。一〇〇パワーに一〇〇パワーで二〇〇パワー、いつもの二倍大きく振りかぶって四〇〇パワー、さらにいつもの三倍大きく飛躍すれば――」

システィーナの足が大地から離れる。

彼女の影がどんどん小さくなっていくと、太陽を塞ぐ、その瞬間、縦回転をしながら突進をしてくる。

風車のように襲い掛かる大剣。

「これでおまえを超える一二〇〇パワーだ！」

そのように言い放つと巨大な圧力が接近してくるが、彼女の言葉は正しい。俺のパワーを一〇〇〇だとすれば瞬間最大的とはいえ、俺を上回る力を持っているのだ。

風車とハリネズミを合わせたかのような物体が、舞台の上を所狭しと走る。

舞台を大いに傷つけるが、舞台を傷つけたら失格、などという決まりもなく、ただただ俺を追い詰めていく。

「あの一撃は厄介だな。それにしても目が回らないのだろうか」

『おかしなところに着目するのだな』

魔剣グラムは苦笑する。

『余裕のある証拠だよ。勝利フラグってやつ。ま、リッヒーとの付き合いが短いラーグーには分からないだろうけどね』

ティルが会話に割ってくる。

「そうでありたいとは思っているが、あの戦法、少々厄介なんだよな」

『攻守ともに隙がない。通常の戦場ならば距離を空けて相手の体力が尽きるのを待てばいいが、この狭い舞台だといつか必ず捕捉される』

「そういうことだ。こちらから仕掛けるしかないか」

『そこでワタシの出番！』

てってて－！　と自前サウンドを口にするティルフィング。

「なにか策があるのか？」

『そんなたいそうなものじゃないけど、最近、リッヒーはラーグーに頼りすぎ』

「なにかと便利なもので」

『せっかく善悪の彼岸によって二刀流になったのだから、その長所を活《い》かすべき』

「たしかにそうだ。グラムだけで片を付けるのは都合が良すぎたかな」

しかし、と続ける。

「二刀流になったところでシスティーナの攻防一体の一撃に対抗できるかな」

轟音《ごうおん》とともに突っ込んでくるシスティーナをすんでの所で避《よ》ける。

危うく攻撃を貰《もら》ってしまいそうになるが、その瞬間、「ぴっかーん！」という自前サウンドが聞こえる。

『リッピー、リッピー、すごいことに気がついちゃった』

「耳元で五月蝿《うるさ》い！」

『あ、そんなこと言っていいのかな。必勝の策がひらめいたのに』

「ほう。拝聴しようか」

『ただじゃやだ。愛してるティル、君が一番好きだ、って言ってくれないと教えない』

「愛しているティル、君が一番好きだ」

『やりぃ！』

ティルの言葉に全面的に従ったのは別になんの感情も抱いていなかったのと、この小うるさい聖剣を黙らせる最良の策だと思ったからだ。

しかし、ティルの発した策は案外的を射ていた。

『あのね、あのハリネズミ戦法の弱点は攻撃力が縦にしかないことだと思うんだよね。横には刃物が生えてない』

「たしかに」

『つまり、左右から同時に攻撃すれば倒せるってこと。そう、つまり、リヒトがノビノビの果実を食べて腕をノビールさせれば余裕で勝てるよ』

「………」

後半はなにかに影響されすぎであるが、前半は的を射ていた。システィーナの弱点は左右なのである。そこに同時攻撃を加えればあの攻防一体の技を打ち破れるだろう。

しかし、言うは易し、行うは難《かた》しとはこのこと。人間の手足では左右同時に攻撃など出来ない。悩んでいるとグラムがこんな提案をしてくる。

『リヒトよ、知っているか？　神剣には帰巣《きそう》本能があることを』

「帰巣本能？」

『己の主のもとに戻ろうとする意志を持っているのだ。無論、限界もあるが、視界に収まる程度の距離ならば自動的に鞘《さや》に戻ることも出来る。その際、意思の伝達ができればある程度挙動もコントロールできる』

「つまり遠隔操作も可能、ということか」

『そういうことだ。持ち主の意志力次第だが』

『リッヒーとわたしの絆力《きずなりょく》が必要なんだね』

「俺はかつて義母の折檻《せっかん》で狼《おおかみ》が群れる冬山にナイフ一本で捨て置かれたことがある。ナイフで狼から身を守り、動物を狩り毛皮で暖を取った。そのとき考えていたことはたったひとつだけだ」

『生きる、か』

「そのとおり。自分で言うのもなんだが、意志力のステータスは上限を振り切っていると思う」

『ならば信じよう。おまえの精神を』

グラムがそのように言い放った瞬間、俺はグラムとティルフィングを投げつける。まっすぐにシスティーナのところに向かうが、システィーナの回転斬りとエッケザックスの前では無力だった。

カキン、と跳ね返される。

ティルフィングとグラムは左右にはじかれる。

システィーナは、

「無駄、無駄、無駄、無駄、無駄、無駄！」

と気勢を上げて飛び込んでくる。

俺は短剣《ダガー》を抜き放つと、それで抵抗を試みる。

「前回はその短剣で後れを取ったが、同じ手は二度と通用しない！」

「さすがにこの短剣で神剣に勝てるとは思っていない」

「ならば素直に負けを認めよ。防御障壁の上からとはいえ、この一撃を食らえば大怪我《おおけが》は免《まぬか》れない」

「だろうな。――まともに食らえば、の話だが」

「なんだと」

システィーナは回転斬りで俺を斬り裂こうとするが、俺は短剣の上から自前の防御障壁を重ね、抵抗を試みる。八層にもおよぶ防御障壁。通常の魔術師ならば破るのに数時間掛かるほどの強固なものであるが、システィーナはいとも簡単に破っていく。

「ぬるい！　神剣を手に入れたあたしの前ではパイ皮のようなもの」

その言葉は事実だった。一枚のパイ皮を剝ぐのに三秒と掛からない。このままでは二四秒後に俺は丸裸にされるだろう。

しかし残り二枚となったとき、変化が訪れる。

システィーナの左右から黒い影が飛びしてきたのだ。

ライバルに初勝利！　浮かれていたわけではないが、高揚感に包まれていたシスティーナは一瞬だけ影に気がつくのに遅れた。

それがそのまま彼女の敗因となる。

『ばびゅーん！』

『御免！』

対照的な言葉を並べ、矢のような速度でシスティーナに横やりを入れたのは我が神剣たち、彼と彼女はほぼ同時刻に攻撃を加える。

「な、真横から⁉　リヒトは遠隔操作もできるのか⁉」

「らしいな。ぶっつけ本番だから不安だったが」

『リッヒーとの絆力をなめないでよね』

『我が主の意志力は最強にして不敗』

神剣たちもそのように褒《ほ》め称《たた》えると、そのままシスティーナの横腹に突き刺さる。バチッと防御障壁が発動する。もしもそれがなければ串刺しになっていたことだろう。ただ、防御障壁の上からでも大ダメージは免れない。

システィーナは「っく」という言葉を漏らし、回転斬りは解除させられる。エッケザックスは吹き飛ぶ。

勝負ありであった。システィーナは気絶し、テンカウントによって敗北する。

とんでもない攻防を目《ま》のあたりにし、声をあげるのも忘れていた観客たちが、声を取り戻す。歓声が周囲を包み込む。

勝者を称える声が溢《あふ》れるが、敗者に対しても尊敬の念を惜しまない観客。

システィーナが意識を取り戻すと、再び拍手が巻き起こる。

ふたりの名を叫ぶ観衆を背にシスティーナは敗北を認める台詞《せりふ》を発する。

「──あたしの負けだ。さすがは最強不敗の神剣使い」

「いや、今回も薄氷の勝利だよ。こいつの助言がなければ負けてた」

えへへ、とティルは照れるが、彼女の声はシスティーナには届かない。

「いや、今のままでは何度やっても勝てないだろう。実力が天地だ。──さて、約束を果たさねば」

そう言うとシスティーナはエッケザックスを差し出す。そういえば剣を賭けた決闘でもあったのだ。

俺はしばしエッケザックスとシスティーナを交互に見つめると、エッケザックスを彼女に突き返す。

「これは君のものだ。俺には不要」

「なぜだ。おまえは勝負に勝ったのだぞ」

「だからだよ。その剣は俺に不要だ。それに俺は善悪の悲願によってふた振りの剣を同時に操れるようになった。しかし、みっつは無理だ」

「エッケザックスが拒んだのか？」

「いや、違う。装備自体は可能だろう」

俺は両手に剣を抜き放つ。

「物理的な問題だ。人間には手がふたつしかないんだ」

「あ……」

「そういうこと。まさか口にくわえるわけにはいかないし」

「エッケザックスを持て余す、ということか」

「ああ、俺の寮にはおまえの家のような立派な宝物庫はない」

冗談を織り交ぜて神剣を突き返す。相手が気負わないようにとの配慮だが、システィーナは理解してくれたようだ。

「バルムンクは必ず約束を果たす。だからこの剣はあたしが預かる、ということにしておく」

「それでもいいさ」

「この大剣の膂力《りょりょく》が必要になるときもくるだろう」

そのように纏《まと》めると、医務室に向かうシスティーナを見送る。

舞台から降りると妹が「リヒト兄上様」と抱きついてくる。俺の勝利を疑ってはいなかったようだが、まさかあのような苦戦をするとは思っておらず、心配していたようだ。

「お怪我はありませんか？」

と、しきりに心配してくる。

実はシスティーナの斬撃によって中指が折れていたのだが、それを伝える必要はないだろう。俺はひっそりと治癒魔法を自分に掛ける。

決勝戦は明日。

最高の状態で挑む予定であったが、さすがは伝統ある剣爛《けんらん》武闘祭、想像以上に手強《てごわ》い連中が参加していた。

「王立学院も捨てたものじゃないな」

剣爛武闘祭デュオは中等部までしか参加できない。それにデュオを組めずに参加できなかったものも多いだろう。つまり上位の実力を秘めている連中は参加していない可能性もあるのだ。

「井《い》の中《なか》の蛙《かわず》大海を知らず、か」

北部しか知らなかった俺であるが、さすがは王都、面白い連中は腐るほどいるようだ。

姫様の護衛を天職だと思っている俺だが、学生というのも悪くはない、と思うようになっていた。

第五章

心なき兵器

リヒト・アイスヒルクが一番興味を抱いている生徒はアリアローゼ・フォン・ラトクルスであると思われる。

いつも笑顔を絶やさない少女、にこやかに微笑《ほほえ》み、微笑を漏らし、花のように笑う。笑顔だけでも一〇〇種類くらいあるのではないだろうか。

もしも彼女が老婆になれば笑い皺《じわ》が出来ることは必定であったが、アリアの騎士であるリヒトはそれを見たいと切望するはずであった。

そのようなことを考えながらマリーはアリアの荷造りをする。

「アリアローゼ様、本当によろしいのですか」

「よろしいのです」

「せめて決勝を終えるのを待って、リヒトを連れていったほうが……」

「それはできません。火急の事態なのです」

火急の事態とは件《くだん》のロナーク男爵の件だった。

彼から「援軍」を求められたのだ。

『我、バルムンクの手勢に包囲されつつあり――』

山間部に所有をする別荘に至急来てくれとのことだった。

「しかし、それは明らかな罠《わな》です。裏に不穏な企《たくら》みがあるはず」

「ロナーク男爵はそのような卑劣漢ではありません」

「ロナーク男爵はそうですが、バルムンクはさにあらず。おそらく、ロナーク男爵の山荘に行けば姫様は捕縛されます」

「…………」

「いえ、今度は捕縛ではなく、即殺されるかも。姫様の政治勢力は小さいが日の出の勢い。バルムンク侯は目の上のたんこぶに思っているはず」

「ならばこそ今、行かねば。ここでロナーク男爵を見捨てればその小さな政治勢力が瓦解《がかい》するのが目に見えています」

「……そうなのですが」

なんと卑劣な、と続けるマリー。その気持ちは分かる。

バルムンク侯はアリアの脆弱《ぜいじゃく》な立場と最悪の時期をすべて心得ていた。

ロナーク男爵の山荘の周囲を囲み、救援を呼ばせる。

剣爛武闘祭デュオの決勝当日を見計らって。

さすればアリアはマリーと僅かな手勢を従えて救援に行かざるを得ないのだ。

「……リヒト様に真実は告げられない」

告げれば必ず決勝戦を放棄するからだ。

さすればアリアの武威が侮《あなど》られ、政治的不利になると熟知している。

それに剣爛武闘祭デュオには彼の妹であるエレンの人生も懸かっていた。

仲麗《うるわ》しいエスターク兄妹《きょうだい》の学院生活が浮かぶ。

彼らから安らぎのときを奪う権利をアリアは有していなかった。

「この件、自分で解決しなければ。——たとえ罠だと分かっていても」

「……分かりました。アリアローゼ様がそのようにおっしゃるのならば、このマリーも腹をくくります」

「ありがとう、マリー」

「いえいえ、マリーの鍛えた忍者メイド数人と、それとアリアローゼ様の騎士を全員招集します」

「心強いです」

「ロナーク家を見張らせていた部下の報告によるとロナークの山荘を囲んでいるのはゴブリンとコボルト、それにトロールが数匹とのこと。固有《ユニーク》モンスターがいれば別ですが、我らだけで対処できるはずです」

「そうですね。頑張りましょう」

気合いを見せるポーズを取るアリア。

こうしてアリアは決勝当日の早朝、密《ひそ》かに学院を出立した。

その姿を見つめるのは彼女の恋敵であるエレン・フォン・エスターク。

大木に背を預けながら、けなげに運命にあらがう姫様を見つめる。

「リヒト兄上様に報告――しないほうがいいわよね」

エレンはアリアのことを好いていなかったが、尊敬していないわけではなかった。その細腕でこの国を改革しようとする姿勢に共感すら抱いている。

もしも兄のことを好いていなければアリアのことを実の姉のように好きになっていたかもしれない。

だからエレンはこのことを兄に報告しなかった。

報告すれば決勝戦どころではなくなるのは明白だったからだ。

もしも今、兄と遠ざかるようなことがあれば、エレンがアリアに勝つ要素はほぼなくなる。これからの人生、兄の横にいるのはアリアとなるだろう。

それはエレンには耐えられないことであった。この一五年間、片時も離れることなく、愛情を受け続けてきたエレンにとって、人生の喪失を意味した。

エレンは己の幸福な人生のため、アリアの危機に目をつむったのである。

今のエレンの心の内を兄が見れば、その醜さで目をそばめることだろう。

しかし、エレンにとって兄は、水であり、空気であり、すべてであった。

生きるために〝不可欠〟な半身とも呼べる存在なのだ。

これは生きるためよ、エレン、と自分に言い聞かせる。

そもそも、兄に伝えないと決めたのはアリア自身なのだから。

「——汚い女、地獄に落ちるわね、きっと」

率直に自分のことを論評すると、後ろ髪引かれる思いを断ち切りながら、決勝戦の会場に向かった。

決勝戦の会場で兄はきょろきょろと会場を見回していた。

当然だ。いつも最前列で観戦している銀髪の姫君の姿が見えないのだ。

エレンはとっさに嘘《うそ》をついてしまう。

「——お姫様はやむにやまれぬ事情で遅れています」

兄は不審な顔をしたが、

「護衛のもの十数人に囲まれています。問題ないでしょう」

と言った。

半分事実である。護衛のものは十数人いた。ただし、彼らはその数倍の魔物を討伐しなければならないのだ。

兄にそのことを伝えるわけにはいかなかったので、半分だけ真実を織り交ぜたのだが、勘の鋭い兄でも気がつくことはなかった。

「そうか。それは仕方ない」

そのように纏《まと》めると兄は決勝戦に向け、剣を振るい始める。

十数分ほど剣を振っていると、決勝戦が遅れるアナウンスが流れる。

開始準備の遅延とのことだった。一般市民を入場させるのに手間取っているようだ。

兄はため息を吐《つ》きながら嘆くが、それと同時に控え室をノックする存在に気がつく。

兄が腰の神剣ふた振りに意識を集中したのは、扉の向こうにいるのがただものではないと気がついたからだろう。

それはエレンも感じていた。圧倒的武威を持つ存在が扉の外にいた。

腰の神剣たちがつぶやく。

『激ヤバな気配』

『絶対強者が近づいている』

扉の外にいる人物から放たれるオーラは特筆に値した。

まるで宝剣を構える父のような威圧感だ。

その感想はある意味符合する。

このラトクルス王国で二番目に強い男、あるいは父と並ぶ戦士と称されるバルムンク侯爵がやってきたのだ。

バルムンクの従者がそのことを告げ、入室していいか尋ねる。

一介の学生であるふたりに断る権利はない。

バルムンクは部屋に入ると、見下ろすようにリヒトを見つめる。

「貴殿がテシウスの息子、そして王女の護衛か」

「はい。今はリヒト・アイスヒルクと名乗っています」

大侯爵に皮肉を言ったり、張り合ったりする気概はない。素直に返答する。

「そうか、立派になったものだ。エスタークの城で何度か見かけたぞ」

「覚えておいでだったのですね」

「ああ、酒の席で貴殿の父上から何度も話を聞かされていたからな」

どのような話をしていましたか、と聞くのは野暮というものだろう。それに今、質《ただ》さなければならないのは来訪の目的だった。

「侯爵閣下、単刀直入に申し上げますが、我が主《あるじ》の政敵であるあなたがなぜ、この場、この時間にここにやってくるのです」

「ほう、気になるか」

「はい」

「我が娘を倒した男の顔を見ておきたかった、では不足かな」

「娘さんには興味がないくせに」

「そんなことはないのだがな。では単純に優勝候補を見物しにきたではどうかな」

「それは半分真実な気がしますが、半分は嘘かと」

「なぜ、そう思う？」

「そのような理由なら今でなくてもいいかと」

「さすがに勘が鋭いな」

「それにあなたの横には常に殺意をはらませた禿頭《とくとう》の執事が控えています。彼がいないのも気になる」

「観察眼も素晴らしい。そうだ、ハンスには内密で会いたかったから今、この時期を選んだ」

「なるほど。では用件を」

「いいだろう。有り体に言えばそのハンスが忠誠過多でな。おれの邪魔をするものを取り除こうと躍起なのだ」

「いい家臣ではありませんか」

「それは認める。ハンスのような家臣を得られたことは俺の人生の幸せだろう。しかし、それはバルムンク家の当主としてであって、ランセル個人としてはどうか」

「というと」

「おれはいつか君と決闘したい。だが立場がそれを許さない」

「たしかに侯爵と無位無冠の小僧との決闘など聞いたことがありませんね」

「ああ、いつか、立場を超越するか、あるいは君がおれと同じ舞台まで上がってくれれば、堂々と決闘を出来るだろうが」

「そのためにも今日の決勝で勝たねば」

「そうだな。しかし容易ではないだろう」

　失礼な、とは言えないだろう。たしかに決勝の人造人間デュオは強力であった。まだ実力を隠しているようだし、もしかしたら負ける可能性もあった。

　そのことを正直に話すと、バルムンクは、「はっは」と笑った。

「冷静に実力を判断できる少年だ。その態だとホムンクルスがおれの差し金だと気がついていたか」

「はい。――途中からですが」

「素晴らしい見識だな」

「はい。自分がホムンクルスに及ばない可能性に気がついております」

「彼を知り、己を知れば百戦殆《あやう》からず」

「主と妹の未来が懸かっていなければ途中棄権していますよ」

「謙虚だな。しかし、おれの見立てでは君にも十分勝機がある。今現在の君の実力を一〇〇とすると、人造人間どもの実力は一二〇だ」

「それくらいならば立ち回り次第というわけですか」

「あるいは君の力が〝覚醒〟するか、だ」

「覚醒……」

「そうだ。善悪の悲願によって君は神剣ふた振りを同時に扱えるようになった。しかし、君の実力はそんなものではない。さらなる覚醒を目指せるはず」

「俺にそのような力があるのですか」

「あるさ。ただしそれは銀色の姫君にしか果たせない」

「アリアが？」

「そうだ。あの無属性魔法の申し子は君をさらなる高見に連れて行くはず。しかし、おしむらくは――」

バルムンクはそこで吐息を漏らすとこう続ける。

「アリアローゼは現在、我が執事ハンスの奸計《かんけい》に引っかかり、ロナーク家の山荘に向かっている。物理的に君を覚醒させることが出来ない」

「な、アリアが⁉」

「そうだ」

すぐに駆け出そうとするリヒトだが、涙ぐんでいる妹の姿が目に入る。なにか言いたげにこちらを見つめていた。幼き頃から妹のことをよく知っているが、妹は懺悔《ざんげ》と後悔の気持ちに包まれているように見える。なにをしでかしたのかは知らないが、人生の重要な選択肢を選び、そのことに後悔しているのは明白だった。

数ヶ月前までならば抱きしめ、髪を撫《な》でて「もう、なにも心配しないでいい」そう言ってやるだけで済んだが、今はもうお互い子供ではなかった。

大事と未来だけを見つめるため、視線を移す。

この試合、姫様だけでなく、妹の未来も懸かっていた。今、試合を放棄すればふたりの少女の未来が大きく変わるのだ。

「おれもそう思うよ。君にはふたつの選択肢が与えられている。ひとつはこのまま試合を続け、人造人間と戦う道、もうひとつは試合を放棄し、主を救う道だ」

「なんて狡猾《こうかつ》な」

「……っく」

「この大会には妹の未来も懸かっているのだろう？　主を取るか、妹を取るか、だな。あるいは主は〝国〟と言い換えてもいいかもしれないが」

（愛する妹、敬愛する主、護るべき国、阻止すべき陰謀……）

あらゆる思考が渦巻くが、バルムンクは人ごとのように、

「君がどの選択肢を取るか、興味深いものだ」

と内心を漏らすとそのまま背を向ける。

最後に、

「最適解を選べるといいな」

と纏めるが、どちらを選んでも近くおれと剣を交えることになるだろう、と予言めいた言葉も残していった。

リヒトは拳を握りしめながら懊悩《おうのう》するが、結局はひとつしか答えは浮かばなかった。控え室に置いてあった外套《がいとう》に手を伸ばしたのだ。

それを着込んでロナーク男爵の山荘に向かう——ことはなく、外套を斬り裂いた。

「これは迷いを断ち切るための儀式だ」

そのように言い放つと、リヒトは宣言する。

「三分だ。三分で人造人間を斬り捨てる。それでそのままアリアを救いに行く。さすればアリアとエレンの未来を切り開きつつ、すべて丸く収まるはず」

その言葉にはたしかな気迫と信念が宿っていた。

それに主を信じる気持ちも。

アリアローゼは無能な娘ではない。勝算ありとひとり、ロナーク男爵の救援に向かったのだ。簡単に返り討ちにあうとは思えなかった。

彼女の意気込みを汲《く》むのが王女の騎士の務めと思っているのだ。

そのような兄の姿を見ていると、エレンは気恥ずかしくなる。

「自分はなんと愚かなのだろう」

そしてなんと浅ましいのだろうか。

「リヒト兄上様の力を、心を信じることが出来なかった」

これでは妻どころか、妹失格であった。

兄の恋人になる資格も、微笑《ほほえ》んで貰《もら》う資格もない。

そのように思ってしまった。
ただ、エレンは兄の花嫁になることを諦めたわけではなかった。
兄の横に並ぶことを諦めたわけではなかった。
たしかに今の自分は矮小《わいしょう》で、お姫様と比べるまでもない。
しかし、人間は成長するもの、変わるもの。
失態は行動によって取り返せばいい。
失敗は成功の糧《かて》とすればいい。
そう思ったエレンは、深々と頭を下げ、兄に告げる。
「リヒト兄上様、決勝戦、私は不在としますが、よろしいでしょうか」
リヒトはそれだけで妹がなにをしたいか察した。
彼女はひとり、王女の救援に行くつもりのようだ。
特待生十傑《エルダー》の候補の妹が参戦すれば、アリア生存の可能性は高まるに違いなかった。
それに妹の瞳の輝きが変わっていた。
兄しか映っていなかった瞳になにやら別のものが映り始めたような気がするのだ。
そこに慈愛の色を見たリヒトはゆっくりとうなずく。
「行け。姫様、いや、この国の未来を頼む」

「ありがとうございます」

ぺこりと頭を下げ、胸の奥にしまってあるペンダントを握りしめる。

エスターク家に伝わるアーティファクトで、魔法石が入った逸品であるが、彼女は己の心にある不安を払拭《ふっしょく》するとき、このペンダントを握りしめる癖がある。

「もう選択は間違えません」

エレンは毅然《きぜん》とそう言い放つと、控え室の扉を開け放った。

†

「紳士淑女の皆様、本日はお集まり頂き、恐縮です」

司会進行役を兼ねる審判がそのように仰々しい言葉を発したのには理由がある。本日の決勝戦から試合が外部に公開されることになったからだ。

先日までは学院の一行事であったため、一部の大貴族と学院生しか見ることが出来なかったが、最終日にして決勝は外部にも公開される。

ＯＢや関係者、国内外の有力者にも招待状が配られるのだ。

剣爛《けんらん》武闘祭に勝ち上がってきたものは紛《まご》うことなき実力者、学院の最高傑作と言ってもいい四人だ。外部に披露してもなんら不都合はない。いや、それどころか王立学院の生徒と彼らを指導する教師陣の有能さを示すいい機会であった、なので毎年、外部の人間にも観賞させるのが通例となっていた。

審判は嬉々《きき》として俺たちデュオの紹介を始める。

エスタークとアイスヒルクという面倒な要素は無視し、兄妹《きょうだい》であることをアピール。その連携力と個人的能力を賞賛する。

ただ、舞台には俺しかいないのでその説明に苦慮しているが。

一方、ホムンクルス・デュオは最低限の説明しかしない。俺たち兄妹と比べると特徴がないのと、残忍な試合で勝ち上がってきたので、人気がないのだろう。主催者たちは俺に勝利してほしがっているように見えた。

(……実力はやつらのほうが上なんだがな。――まあ、勝つのは俺だが)

決勝開始は一三時ちょうどとなった。

番判が決勝開始を告げると同時に、俺の身体《からだ》は消える。

圧倒的刹那の速度で相手の懐《ふところ》に飛び込むと、抜刀術を放ったのだ。

「残影閃刀斬《ざんえいせんとうざん》」

高速移動によってスピードを速め、剣に威力を乗せつつ、抜刀術を放つ技である。この技のスピードと威力はあらゆる剣技の中でも上位に位置する。

事実、人造人間の兄妹は一瞬で四肢をバラバラにさせる。

慈悲も慈愛も感じさせぬ斬撃。

今までは〝試合用〟の力で戦ってきたが、もはや遠慮はいらなかった。

時間が限られることもあるが、〝究極生物兵器〟である人造人間に遠慮はいらないと思ったのだ。

だから物理最強の技を使ったのだが、追い打ちも忘れない。バラバラになった人造人間を焼き払うため、黙示録の炎《メギド》も解き放つ。

炎系の最強魔術であり、賢者にしか放てないとされるが、俺は放つことが出来た。

会場の生徒や教師は驚愕《きょうがく》するが、彼らの驚きが消え去らぬうちにきびすを返す。即座に姫様と妹の救援に向かおうと思ったのだ。

——しかし、人造人間はおれの想像の上をいった。

炎で焼かれながらも立ち上がる。

「ふふふ、アダムス、なかなかに熱いわね」

「それに鋭い一撃だったね、イブリア」

黒焦げになりながらも平然と言葉を交わす人造人間たち。

俺の背中に冷たいものが流れる。

「今の は〝戦場用〟の一撃だったんだぞ」

「なるほど、だから防御障壁も簡単に打ち砕かれたんだね」

「化け物め」

「私たちは化け物じゃないわ。究極生物兵器。とある研究室で作られた戦場の申し子」

「だから戦場の一撃も通じない」

「私たちを滅したければ〝神〟の一撃を打ち込むことね」

そのようにうそぶくと、人造人間たちは再生しながら攻撃を繰り出してきた。

どうやらこの〝化け物〟どもは四肢を斬り裂き、焼き払うくらいでは殺せないらしい。

「――やはり苦戦するかもな」

そのような予感を覚えたが、それは現実となった。

俺はこの化け物たちと長時間剣戟《けんげき》を交わすことになる。

戦局に変化が訪れるのは四五回攻撃を加えたあとのことであった。


リヒトが人造人間と戦っている頃、アリアもまた戦っていた。

ロナーク男爵家の山荘に救援に向かうと、すでに交戦中だったのだ。

傭兵《ようへい》を一〇人以上雇っていたロナーク男爵であるが、襲撃者はその一〇倍以上のゴブリンとコボルトを集めていた。

また暗殺者《アサシン》も十数名紛れ込んでいる。

前回のロナーク男爵家襲撃事件をそのまま再現したような感じであるが、今回は白昼堂々の犯行であった。それに規模が一〇倍は違った。

ロナーク男爵もそれを見越して護衛を強化していたが、敵はそれ上回る規模で再襲撃をしてきたのだ。

「さすがはバルムンク侯です」

アリアは舌を巻くが、敵の力量に感嘆してばかりもいられない。

アリアは剣を抜き放ちながら叫ぶ。

「我はラトクルス王国第三王女、リレクシア人の王にしてドルア人の可汗《ハン》の娘！　義によってロナーク男爵家に助太刀いたす！」

その言葉を聞いた暗殺者《アサシン》はにやりと返答する。

「飛んで火に入る夏の虫とはこのこと。のこのこと現れおって」

舌なめずりする暗殺者《アサシン》、だが、その刹那、彼に無数の手裏剣が刺さる。

「おっと、たしかにアリアローゼ様に武力はないけど、その配下は違うわよ」

マリーはにやりと笑う。

マリーの手下である忍者メイドたちも同様に笑みを漏らす。

「くそ、くノ一どもか」

「女という文字を解体するとくノ一になるそうだけど、男を解体するとどうなるのかしらね。その小汚い腹をさばいて確認してみようかしら」

有言実行するため、忍者メイドを散らすマリー。忍者メイドたちは次々にゴブリンとコボルトを討ち取っていく。

一方、王女の騎士たちも手練《てだ》れであった。

剣と魔法の研鑽《けんさん》を積んだ強者《つわもの》たちは密集陣形を取り、巨大なトロールに対峙《たいじ》する。

凧型盾《カイト・シールド》でトロールの棍棒《こんぼう》を防ぐと、剣や槍《やり》で的確にトロールを突いた。

強力な魔物であるトロールも辟易《へきえき》している。

またアリアの手勢の参入によって追い詰められていた護衛たちも息を吹き返す。組織的反抗をし、襲撃者たちに一矢《いっし》報いていた。

このままの形成を維持できれば襲撃軍は瓦解《がかい》する。

アリアは確信したが、それは甘すぎた。

「さすがはアリアローゼ、バルムンク様が一目置く娘だ。一筋縄にはいかない」

だが、と彼らの指揮官は続ける。

「我々には秘策がある！」

襲撃者たちが後退を始めると同時にひときわ大きな影が後方からやってくる。

小山のように大きな影の正体は、

二つ名付きトロールだった。

二つ名付きとはネームド・モンスターのこと。その種のモンスターの中でも特別な個体で、多くの場合は強烈な力を持っている。

このトロールも例外ではなく、強力な力と知性を持っていた。

人間の言語で名乗りを上げる。

「我が名は血痕鬼のトロール。我の通ったあとには血と臓腑《ぞうふ》の道ができあがる」

血痕鬼のトロールが護衛軍を切り裂くと、その二つ名の異名通りの光景が広がった。

あっという間にひっくり返る形勢。

蹂躙《じゅうりん》される護衛軍。このままでは全滅、そのような言葉が脳裏に浮かんだ瞬間、希望の光がともる。

真っ白な制服に身を包んだ剣士が現れたのだ。

彼女は美しい黒髪を揺らしながら二つ名付きトロールの腕を斬り落とす。

細身の剣に魔法を宿し、巨木のように太い腕を易々《やすやす》と斬り裂いたのだ。

血痕鬼のトロールは悲鳴を上げ、のたうち回る。

その瞬間、彼女は名乗りを上げる。

「我が名はエレン。テシウス・フォン・エスタークが一子。王室の藩屏《はんぺい》にして王国の守護者の家系に連なるものとして、アリアローゼ・フォン・ラトクルスを全力で護る！」

頼もしくも凛々《りり》しい声が戦場に木霊《こだま》する。

その声によって護衛軍に秩序がよみがえる。

アリアローゼは嬉々として彼女に礼を言う。

「エレンさん、ありがとうございます」

エレンはどういたしまして、という代わりに群がるゴブリンとコボルトを剣舞で斬り裂く。直接的な返答はせず、己の後悔を語る。

「——私は羨ましかった」

アリアは沈黙しながら彼女の言葉に聞き入る。

「兄上様に護られるあなたが、兄上様の感情を揺さぶるあなたが。私には向けない笑顔を向けられるあなたが憎くて仕方なかった」

「だからあなたがロナーク男爵の救援に行くとき、私はそれを兄上様に告げなかった……。あるいはもしかしてあなたがバルムンク侯に討たれることを望んでしまったのかもしれない……」

「…………」

エレンは原罪を告白する聖教徒のように悲痛な言葉を紡《つむ》ぎ出す。

「王室の藩屏として、いえ、兄上様の妹として失格だと思った。私は己の嫉妬によって最低の人間になってしまった。その事実は払拭《ふっしょく》できないけど、私はあなたのために剣を捧《ささ》げます。エスターク家の娘として、リヒト・アイスヒルクの妹として」

そのように言い終えるとゴブリンを一刀両断にする。

己の心の内を素直に話すエレン、それを聞いたアリアの心は洗われるようだった。

王室や政界は己の心の内をひた隠しにし、だまし合いや化かし合いをする世界。子供のような感情や見栄《みえ》によって相手を貶《おとし》める世界だった。

そんな中、己の負の感情を素直に認め、話してくれるのはとても嬉《うれ》しいことだった。

このように語り合えるのはメイドのマリーだけ。

彼女は生涯の友であったが、もしかしたらエレンもまたそのような存在になれるかもしれないと思った。アリアもまた素直な感情を口にする。

「エレンさんはわたくしを羨ましいと言いましたね。わたくしも同じような感情を抱いていました」

「アリアローゼ様が？」

「はい。幼き頃よりリヒト様と一緒に居られたあなたが羨ましいです。リヒト様のような兄を持てたあなたが羨ましい。奔放に生きられるあなたの生き方も羨ましいです」

「互いに互いを羨んでいたのですね」

「そうですね。大地に根ざす大木が、大空を舞う鳥を羨み、空を駆ける鳥が、大地にたたずむ大木を羨む」

「人間互いにないものを求めてしまうのかもしれない」

「そうですね。人と人との関係は月と太陽のようなものなのかもしれません」

その言葉にエレンは納得する。

アリアローゼは太陽のように朗らかな存在。常に笑い、周囲に幸せを振りまく。

一方、リヒトは月のような存在。目立たず静かに大切な人を見守る。

月と太陽は決して寄り添うことはないが、互いに互いを必要とする。

月は太陽の光が反射し、初めてその存在を誇示できるし、太陽の光は月を覆うことによって己の存在を知覚できるのだ。

エレンはアリアの言葉をかみしめる。

アリアもまたエレンの言葉に聞き入る。

ふたりはこの短い時間でわかり合う。

何千時間も語り合うあった友人のような気持ちを互いに抱くことが出来るようになった。

あるいはそれはリヒトという存在があってのことかもしれないが、アリアとエレンはリヒトの次に大切な存在を得ることが出来たのだ。

絆《きずな》が芽生えたふたりの少女。

人は誰かのために戦うとき、その力を何倍にもすることがある。

先日、リヒトが悪魔に打ち勝てたのはその力のお陰だった。

彼の妹であるエレンも同じ性質を持っていた。

アリアのために剣を振るうとき、その力を何倍にもするのだ。

エレンは舞うように剣を振るうと、襲撃軍をなぎ倒していった。

このままエレンが制するかと思われた戦場であったが、そこに不穏な影が。

その影の本体を見つめるエレン。

そこにいたのは、剣爛《けんらん》武闘祭に出場しているはずの人物であった――。

「な、なぜここに――」

エレンはそのような疑問を口にしたあと、この世で最も愛《いと》おしい人の名を口にする。

†

妹の救援が成功した頃、その兄は窮地に立たされていた。

四六回目の斬撃を加えるが、人造人間にダメージが通らなかったのである。

人造人間は攻撃を受けるたび、その身体《からだ》を修復させる。

人間離れ、いや、生物離れした回復力を見せるのだ。

「化け物か」

という台詞《せりふ》もチープになるほどの回復力であった。

しかし、斬撃を加えるしか方法はない。攻撃の圧を加えないと相手の攻撃を貰《もら》ってしまいそうになるのだ。

いや、正確にはすでにもういくつか攻撃を貰ってしまっていたが。

制服が破れ、どこからか出血している。

致命傷は避けられたが、次こそはいい一撃を貰ってしまうかもしれない。

俺の斬撃は明らかに弱くなっていたし、動きも遅くなっている。

攻撃力と魔力こそこちらが上であるが、俺は人間であった。化け物じみた回復力もなければ、体力もない。四七回目の攻撃は自分でも情けなくなるほど腰が入っていなかった。

人造人間たちは避けるまでもなく、俺の斬撃を素手で受け止める。

「人間にしてはよくやったかな」

「そうね」

「実験データも取れたし、そろそろ始末しようか」

「賛成だわ」

人造人間たちはそのように漏らすと、手の形状を変える。先ほどは剣であったが、今度は鎌と斧《おの》を合わせたような不気味な形状となった。

死刑執行人を気取っているのだろう。殺人禁止の大会のはずであるが、もはや彼らのたがは外れているようだ。彼らを止められるものは誰もいない。

アダムスは鎌斧《れんぷ》を振り上げる。

その鎌斧で俺の首を落とすつもりらしい。

切れ味は良さそうであるが、まだ死にたくなかった。

俺は最後の抵抗をするべく、聖剣と魔剣を構える。

「すまない。甲斐性《かいしょう》なしで。負けそうだ」

『それはこっちの台詞だよ』

『その通り。済まない。我らの力不足だ』

ティルとグラムは嘆くが、彼らは勝利を諦めていなかった。

『四七度の攻撃を重ねたのは見事だ』

「まるで通用しなかったがな」

『しかし、無意味に攻撃していたわけじゃないんだろう。最強不敗の神剣使いは無意味なことはしない』

「まあな」

『へ？　そうなの？　ワタシはてっきり破れかぶれで攻撃していただけに見えた』

「小賢《こざか》しいことにかけては俺の右に出るものはいない。一見、無意味な行動に見えても意味はちゃんとあったんだよ」

『へー、聞きたい、聞きたい、教えて』

ティルの要望に応えたいが、鎌斧の斬撃が飛んできたので、それをいなしながら答える。

「俺は四七度の攻撃を加えた。あらゆる角度、威力、魔法を付与してな」

『ごいすー』

「そして悟ったのはおまえたちではあいつは滅せられないということだ」

『ずこー！』

精神的によろめくティル。

『なんの解決にもなってないじゃん』

「いや、なっているよ、なにもせずに駄目だと推定するのと、行動した上で駄目だと断定するのは大違いだ」

『その通り、机上の空論と実践は違う』

『なるほど、でも、倒す方法が分からなくちゃ意味なくね？』

「倒す方法はあるさ。やつらには中途半端《ちゅうとはんぱ》な方法は効かない。ならばどうするか――、圧倒的な一撃で肉と骨を粉砕し、二度と復元できないようにすればいい」

『具体的言うと？』

「巨大な鉄の塊に魔法を付与し、巨人の膂力《りょりょく》をもって粉砕する」

『なんじゃそれ、そんな都合の良《い》いことできるわけないっしょ』

「できるさ。先日貸したツケを今、返して貰う」

『どういうこと？』

ほへ、っとする聖剣を横目に駆け出す俺。先ほどから目を付けていた一角に到着すると、会場にいる娘に語りかける。

「システィーナ・バルムンクよ。おまえに貸している神剣を借り受けたい」

あ！　その手があったか！

ティルは叫ぶが、グラムはにやりとするだけだった。俺の策を見抜いていたのだろう。

さすがは魔剣である。

『しかし、リヒトよ。あのものはバルムンク、力を貸してくれるだろうか』

「バルムンクは悪だが、卑《いや》しくはない。ツケは必ず払う」

そのように言い放つと、システィーナは背中にくくりつけていた大剣を投げる。

「その剣はおまえのもの。好きにするがいい」

やはり彼女はバルムンクの娘だった。約束は必ず果たす。

俺は敵対者であるバルムンクをある意味信用していたのだ。

奇異なことであるが、彼は敵であるが、一度交わした約束は必ず果たす人物だと思ったのだ。

（……ということはいつかあの男と対決することになるのか）

別《わか》れ際《ぎわ》の言葉がよみがえるが、今、考えるべきは受け取った巨人殺しの巨人の力を十全に発揮させることであった。

迫り来る人造人間のアダムスを斬り伏せるべく、大上段に構える。

エッケザックスの柄《つか》を握りしめるととんでもない力が湧き上がる。

制服が盛り上がる。

筋肉の量が明らかに増大していることが分かる。

今ならば巨人とて斬り裂けそうな気がした。

否《いな》、斬り裂ける。

そう思った俺はエッケザックスに魔法を付与し、必殺の一撃を放つ。

「巨人の心臓を穿つ一撃《ジャイアント・キリング》」

即興の名を与えた一撃は、想像以上の威力を誇った。

圧倒的質量、まるで星が落ちてきたかのような一撃が人造人間アダムスの頭上に落ちる。

アダムスは防御障壁を張るが、その防御障壁はあっさりと破られる。

エッケザックスによって与えられた圧倒的な力、それに俺の魔法力はアダムスを圧倒したのだ。

防御障壁を破られたアダムスの頭部に圧倒的な一撃が振り下ろされる。

エッケザックスは圧倒的質量でアダムスの頭部を破壊すると、そのままアダムスを滅した。
無限の回復力を持つのならば回復させる身体を滅せればいい。
至極単純な方法によって相手を倒したのだが、俺は慈悲も忘れなかった。
相手のコアとなる部分はわざと避けたのである。
消滅するに見えかけたアダムスの身体。コアとなる心臓だけが地面に落ち、脈打ってい
る。
その光景を見た観客たちは蒼白《そうはく》になっている。
その不気味さに呑《の》まれたか、俺の圧倒的な実力におののいているのかは不明であったが
――。
脈打つ心臓を見て言葉を失っている審判に語りかける。
「テンカウントしないのか？」
その言葉で自分の仕事を思い出した審判はカウントを取り始めるが、一〇秒経過しても
アダムスが再生することはなかった。
その瞬間、俺の勝利が確定する。
会場はしばし沈黙するが、審判が思い出したかのように、
「……しょ、勝者、リヒト・アイスヒルク！」

と口にすると、観客たちもそれに呼応し、歓声を上げる。

「す、すげえ、なんてパワーだ」

「本当に下等生《レッサー》なのか？」

「未来の英雄かもしれないぞ、こいつは」

イブリアはそれ以上抵抗することはなかったが、相方の心臓に向かって「役立たず」と、つぶやき手に取ると、そのまま舞台から降りたのだ。

会場はざわつくが、誰ひとり、俺の勝利を不服に思うものはいなかった。

最後の一撃、あれは人造人間デュオを圧倒していたからだ。

あのままイブリアが抵抗しても勝つことは不可能だと誰しもが認めたのだ。

沸きに沸き立つ会場を背にすると、クリードが声を掛けてくる。

「さすがおれの親友、やると思っていたぜ！」

昼飯代を失わずに済んだクリードが、俺を抱きしめようと走り寄ってくるが、それを無視する。優勝者に送られる栄誉も拒否する。

表彰台と勝者のコメントを断ると、そのまま会場をあとにする。

俺の目的は剣爛《けんらん》武闘祭で優勝すること。
それによって姫様と妹の未来を勝ち取ることだった。
どや顔で勝利の秘訣《ひけつ》など語る気はなかったし、賞賛も受け取りたくなかった。
今、俺がしなければならないのは、アリアとエレンの笑顔を見ることであった。
いや、俺の願いか。
あのふたりはこの地上で最も大切な存在なのだ。

俺は走る。
ロナーク男爵家の山荘に向かう。
本来は三分で片を付けるはずであったが想定よりも遥《はる》かに遅れてしまった。
人造人間デュオの実力が図抜けていたためであるが、それは言い訳でしかない。
要はまだまだ俺の実力が足りていないのだ。
もっと精進せねば姫様を護《まも》ることが出来ない。
俺は背中にエッケザックスをくりつけながら走った。
ロナーク男爵家の山荘に到着する。

予定より一時間遅れの到着であるが、剣戟《けんげき》の音が聞こえた。

つまり妹と王女はまだ無事ということである。

生きていると言うことであるが、戦場に到着した瞬間、言葉を失う。

妹の姿がぼろぼろだったのだ。

エスタークの宝剣が飴《あめ》細工のように折れ、制服もズタボロだった。

「リヒト兄上様……」

「エレン！」

妹は力なく俺の名を呼び、逆に俺は力一杯彼女の名を叫ぶ。

北部の鬼姫であるはずの妹をここまで追い詰めるとは一体、なにものか。

それを確認するが、そこにいたのは先ほど俺が倒したはずのアダムスだった。

「馬鹿な、先ほど心臓だけにしてやったはずなのに……」

もう回復したのか、そのように漏らすと、アダムスはこのように口にする。

「驚いているね、神剣使い」

アダムスと〝同じ顔〟をした少年はにこりと微笑《ほほえ》む。

「……声が微妙に違うな」

「正解。僕は君が倒した個体とは別だよ」

「なるほど、究極生物兵器は二体じゃなかったというわけか」

「そういうこと。僕はアダムス式生物兵器のひとり」

「おまえみたいのが何体もいるのか」

やれやれと吐息を放つが、アダムスは「残念」という。

「僕たちを作り出すのは容易じゃない。アダムス式とイブリア式の生物兵器が一〇八体製造されたけど、無事、稼働《かどう》したのは数体だよ」

「それはよかった。さすがに一〇八体もいたら負ける」

「だね。でも、三体でも同じだと思うよ」

そう言うと後方から心臓を持ったイブリアが現れる。

「潔《いさぎよ》く舞台から降りたと思ったが、俺の命を奪いたかったのか？」

「その通りよ、落とし子。剣爛武闘祭は殺人が禁止だから」

「結局、剣爛武闘祭デュオは余興に過ぎないってことか」

「そうね。〝私たち〟も〝あなたも〟も本気を出せない」

「最後の一撃は、結構本気だったんだが」

「それでも心臓を残すという甘さがあった」

「殺したら負けだからだよ」

「負けたほうが幸せだったわよ。――死ぬよりはましでしょう」

イブリアは冷酷な言葉を言い放つと、残酷な行動に移る。

脈打つ心臓を蔑むように見つめると、

「役立たずな心臓だけど、使い道もある」

アダムスの心臓を喰《く》らう。

レバーでも頬張るかのようにむしゃむしゃと咀嚼《そしゃく》すると、身体《からだ》を一回り大きくさせる。

達磨《だるま》のように醜い体型になると、アダムスもむんずと摑《つか》んで頭からぼりぼりと食べ始める。

その姿はえぐかったが、視線を外すわけにはいかない。

イブリアはアダムスを食べるたびに身体を肥大化させていった。

やがてちょっとした小屋くらいの大きさになるイブリア。

いや、もはやその名前は不適切だろう。

究極生命兵器、生物の頂点に君臨する暴君《タイラント》は大きな腕を振り上げ、振り下ろす。

腕が振り下ろされるよりも早く後方に飛躍すると、先ほどまで自分がいた場所に大きな穴が、いや、クレーターが出来ていた。

隕石《いんせき》が落ちたかのような一撃。挙動を見てから回避していたら自分もあの穴の一部となっていたことだろう。

　タイラントは人語を話す。

「我はあらゆる生物の長所を持つ。この膂力《りょりょく》は巨人の遺伝子由来」

　そう言うと巨体に似合わない動きを見せ、後方に回り込む。

「この動きは大猿のもの」

　ましらのような速度はたしかに猿に似ていた。

　流れるような連続攻撃。

「この柔軟な筋肉は大蛸《おおだこ》のもの」

　あらゆる巨大生物の長所を持つ化け物、それがタイラントだった。

　俺はやつの攻撃を避けながら、背中の剣で攻撃する。

　エッケザックスの膂力ならばやつに対抗できると思ったのだが、それは甘い計算だった。

　巨人殺しの巨人の力をもってしても、〝巨人を超えしもの〟を凌駕《りょうが》することは出来なかった。巨人に大猿、大蛸、巨竜にロック鳥などの遺伝子を合わせもつ化け物に対抗することは出来ない。

　タイラントは巨竜の遺伝子を活用する。灰の中にある火袋からガスを吐き出し、それに火をともす。

　灼熱《しゃくねつ》が俺を包み込む。

とっさに防御壁を張るが、防御壁の中もあっという間に高温になる。

このままでは蒸しリヒトの出来上がりであったが、それを阻止したのは我が妹であった。

満身創痍《まんしんそうい》であった妹が戦線に加わる。

炎を吐くタイラントに斬撃を加える。

最高の一撃であったが、無限の回復力を持つタイラントには無意味だった。

僅かに俺が炎から待避する時間を稼ぐことには成功するが。

炎から脱出した俺は妹に礼を言う。

「ありがたい、エレン」

「リヒト兄上様こそ助けに来てくださってありがとうございます」

「大切な妹と主《あるじ》を見捨てられるか」

「私が先で嬉《うれ》しいです」

「おまえは無鉄砲だからな。姫様よりも先に飛び込むと思っていた」

「ですが、兄上様がやってくるまでお姫様を護り抜きました」

軽くアリアローゼを見る。彼女はこくりとうなずき、感謝の念を示す。

「ああ、そうだ。おまえはこの国の王女を、そして未来を護った。誰しも出来ることではない」

「ありがとうございます。兄上様に褒められるのが一番嬉しゅうございます」

元気百倍、体力も回復しましたわ、と続けるが、空元気である。満身創痍の彼女は戦力として換算できない。下がるように伝えるが、妹は首を縦に振らなかった。

「この国の未来を護るよりもリヒト兄上様の力になりたいです。あの化け物を倒すお手伝いがしたいです」

「不要だ。剣爛武闘祭で優勝した。おまえは大手を振ってこの学院に通える」

「兄上様が死ねばこの学院に通う意味もなくなる」

そう言うと妹は剣に焔《ほのお》を宿し、斬撃を加える。

炎の魔法剣はタイラントを傷つけるが、瞬時に回復する。

何度も見てきた光景だが、先ほどまでと違うのは回復するいとまを与えずに連撃を加えられることだった。俺は妹の意気込みに応えるため、回復途中のタイラントに強大な一撃を与える。

巨人殺しの巨人、エッケザックスの一撃を加えたのだ。

アダムス式を一撃で葬《ほうむ》り去《さ》った強大な一撃はタイラントにも有効だった。

肩口からざっくりと斬り込みを入れられるタイラント、獣の咆哮《ほうこう》のような悲鳴を上げる。

究極にして最強の生物であるが、「痛覚」はあるようだ。

数々の攻撃を受けてきたことを考えると哀れであった。

――哀れであったが、今の俺に彼らを哀れむ余裕はなかった。

あそこまで見事に斬り裂いたにもかかわらず、タイラントは瞬時に傷を塞ぎ、反撃をしてくる。

エッケザックスの刀身の腹で斬撃を受けるが、刀身の上からでもとんでもない衝撃がやってくる。

数十メートルほど吹き飛ばされるが、巨木に激突する寸前、妹が後方に回り込み、衝撃を吸収してくれた。

「巨木と背骨を折らずにすんだ」

妹に礼を言うが、返答はない。その前にタイラントの攻撃がやってきたからだ。

巨木よりも太い腕を振り回し、攻撃する。

技術や洗練さとは無縁の攻撃であったが、生物の頂点に小賢《こざか》しい技など不要ということだろう。飛燕《ひえん》よりも速く、隼《はやぶさ》よりも鋭い一撃、避けるので精一杯であった。

俺と妹は防戦一方となる。攻撃を加えるいとまさえない。

このままでは負ける、そのように直感したが、俺はとあることに気がついていた。

後方で俺たちの戦いを見守るアリアの姿。

彼女に固有の武力はない。いつも俺の戦いを後方から督戦していた。戦いのたびに自分の無力さを恥じ入り、情けなく思っている。いつかそのように言った彼女だが、今日の彼女は違った。

俺の戦いを見守ることなく、マリーと必死に本をめくっていた。

あまりにもふがいない俺の戦いぶりに呆《あき》れているのかな、聖剣のティルはそのように茶化すが違った。アリアに限ってそんなことは絶対にない。

俺は直感した。

彼女に変化が起こっていることを。

彼女がなにかしようとしていることを。

俺に『善悪の彼岸』を放った〝あのとき〟と同じオーラを纏《まと》っているのだ。

彼女はまた〝奇跡〟を起こす。

そう確信した俺は奇跡を起こす時間を稼ぐため、体内に残された魔力を解き放った。

アリアは目を見張る。

王女の騎士であるリヒトとその妹のエレン、彼ら彼女らの強さは想像の上をいった。ふたりで力を合わせれば傭兵団《ようへいだん》ひとつを壊滅できるほどであろう。

彼ら彼女らのような豪傑の助力を得られるのは誠に僥倖《ぎょうこう》なことであったが、彼らを見つめていると考えてしまうのだ。

アリアローゼ・フォン・ラトクルスに彼らのような英雄を従える資格はあるのだろうか？

彼らが忠節を果たす価値があるのだろうか。

答えは〝否《いな》〟である。

アリアに固有の武力はない。

幼き頃から鍛錬を重ねているが、剣の実力はさっぱりだ。

魔力もない。

火・風・水・土、の基本元素もほとんど所有しておらず、魔素もほとんどない。

無属性魔法の素養はあるようだが、善悪の彼岸を発動しただけで、それ以降、自身にも他者にもなんら影響は与えていなかった。

相変わらず欠落姫、無能者として道を歩んでいたのだ。

そのことを歯がゆく思いながら、政治活動を行っていたが、その政治活動すら上手《うま》くいっているとはいえない。

自身の才覚のなさを痛感するばかりだ。

バルムンク侯爵には常に先手を打たれ、数少ない味方の信頼も勝ち取ることは出来なかった。

己のふがいなさをなじる気持ちしかないが、嘆いてばかりもいられなかった。

アリアは無能ではあるが、無力ではないと思っていた。

武力はない。政治的な才覚もない。

しかし、無為無策でその場にとどまるような愚かものでもないのだ。

リヒトたちの後方から戦いを督戦しながらも、彼らに〝新たな力〟を与えることだけを考えていた。

戦場の一角で本を開いているメイドに語りかける。

「マリー、見つかった？」

高速で本をめくるマリー、その手には血が滲《にじ》んでいたが、厭《いと》うことはない。

マリーがめくっているのは『白昼夢の砂漠』と呼ばれる古代の魔術師が書き記した書物であった。かつては存在しなかったと呼ばれる無属性魔法について語った書物である。

それ一冊で小貴族の館が買えるほど高価であるが、マリーは汚れることも気にせず読みあさる。

本来、マリーは小心者でそのような高価なものを汚すことなどできないが、今は火急のとき、同僚にして姫様の最愛の人物の命が懸かっていた。血で汚れるなどと呑気《のんき》なことを言っている暇はない。

ただただ、急いでページをめくるだけだった。

マリーが高価な本を真っ赤に染め上げていると、途中でその手が止まる。

「……ありました！　アリアローゼ様、このページです」

「このページですね。読み上げます」

アリアは善悪の彼岸二章と書かれたページを読み上げる。

『白昼夢の砂漠』は無属性魔法全般について書かれた魔術書である。究極の無属性魔法である善悪の彼岸についても触れられていた。

一章は読み飛ばす。すでに最初の善悪の彼岸は発動したのだ。読む必要はない。

アリアが知りたいのはその次の段階だった。

リヒトに無属性の力を渡し、聖なる神剣も、魔なる神剣も装備させることができるようになったが、善悪の彼岸の力はそれだけではないはずだ。

善悪の彼岸はリヒトの力をさらに解放できる。

彼に無限の可能性を与えることができる。

そのように確信しているアリアは目を高速に動かし、書かれた内容を読み上げる。

「善悪の彼岸の第一段階は術者の命を必要とする」

「たしかにそうでしたね。アリア様とマリーの命を半分ずつ捧《ささ》げました。第二段階も命が必要なのかしら？」

「だとしたら今度はわたくしの命を多めに」

「駄目です。今度はマリーが大盛りつゆだくで」

「平行線をたどりそうな議論ですが、二段階目の解放には命は不要なようです」

ほっと胸をなで下ろすマリー。

「また命を半分取られたら美人薄命になっちゃうとこでした。それで二段階目に必要なものってなんなんですか？」

「愛です」

短く、だが的確に口にするアリア。

「愛ですか。これまた難しい注文ですね」

「はい。命を捧げるのには決意さえあれば可能ですが、愛というのは長年懸けて醸成するものですから」

「姫様とリヒトが抱いているのはたぶん、まだ〝恋〟だろうしなあ」

「………」

沈黙してしまったのはその通りだと思ったからだ。

もはや隠す必要もないが、アリアはリヒトのことを好いていた。

彼を見ると心の臓の鼓動が速くなる。

彼の横顔は何時間だろうと見ていられる。

燃え上がるような律動を感じることもある。

しかし、それは一般的には恋と呼ばれるもの。恋と愛は別種なものであった。

アリアはそれを知った上で言葉を発する。

「巨人殺しの神剣の力はすさまじいです。しかし、それだけではタイラントには勝てない。あの暴君を上回るにはみっつの神剣の力が必要です」

「みっつ……」

「もしもみっつ同時に神剣を操ることができれば、リヒト様は暴君を上回る力を手に入れるでしょう」

「しかし、それには〝愛〟が必要」

「そうです」

「かぁー、なんてこと書いてくれてるのよ、この本は」

「そうですね。しかも、肝心なところが読み取れません」

「え、どういうことですか？」

マリーは『白昼夢の砂漠』をのぞき見る。

たしかにそのページの一角が判読不能になっていた。血で汚れていたのだ。

「は、はわわー！」

も、申し訳ありません、マリーは慌てて頭を下げるが、アリアは否定する。

「これはマリーの血ではありません。よく見て、古い血痕です」

「あ、ほんとだ」

「誰かが意図的に血痕を付着させたのでしょう」

「なんて意地悪」

「しかし、前後の文脈からなんとか察することは出来ます。リヒト様を覚醒させるには愛が必要。そしてその愛は彼のすぐそばにある」

アリアはそう断言すると、機会をうかがう。

今はタイラントの攻撃が激しすぎる。

リヒトに近づくことさえ出来ない。

リヒトを覚醒させるには〝愛〟が必要であるが、その愛を与えるには彼のそばに寄らなければならない。タイミングを見計らってリヒトに近づき、愛を与えなければいけない。

アリアはその瞬間を辛抱強く待つが、そのときが訪れる。

タイラントの圧に耐えながら戦闘を続けるエスターク兄妹《きょうだい》、防戦一方だった彼らであるが、戦況に変化が訪れたのだ。

後方に飛躍し、攻撃をかわす兄妹、その刹那、タイラントは奥の手を使う。

十数メートル離れた兄妹を打ち倒すため、右手を伸ばしたのだ。

丸太のような腕が十数メートルほど伸びる。

タイラントは動物だけでなく、植物の特性も持っていたのだ。

樹《き》や蔦《つた》を思い起こさせる勢いで腕を伸ばすタイラント、それを予期していなかった兄妹はその攻撃を食《く》らってしまう。

リヒトの腹に大穴が空く――、ことはなかった。

とっさのところで妹が庇《かば》ったのである。

「エレン、なにを!?」

エレンは兄を突き飛ばすと、代わりにその一撃を食らう。

タイラントの伸縮の一撃はエレンの肩をかすめ、肉の一部を穿《うが》つ。

エレンはそのまま戦闘不能となる。

リヒトは妹の負傷に穏やかではいられないようだが、戦闘を継続させる。今、隙を見せれば兄妹ともに死ぬからだ。

しかし、大幅に戦力をそがれたリヒトに勝機はない。

もはや防戦すらできない有様《ありさま》であった。

マリーはリヒトの敗北を確信したが、それでも彼を見捨てる気はなかった。主《あるじ》に許可を取ると戦線に加わる旨《むね》を伝える。

アリアは即座に許可する。

「お願いします。わずかでいいです。時間を稼いでください」

「はい。今さらマリーが加わったところでどうにもならないでしょうが」

マリーはエレンよりも弱い。それに先ほどの戦闘で消耗している。

役に立たないどころか、足を引っ張る可能性もあったが、なにもせず主の大切な人が死ぬ様を見ていることはできなかった。

そのように決意し、

「負け戦ですが、死に花を咲かせてきます」

と微笑《ほほえ》んだ。

それに対してアリアは気負うことはなかった。

悠然と言い放つ。

「いえ、この戦いは我らの勝ちです。リヒト様の横には〝愛〟があります。それが我らの勝因です」

マリーは主の言葉の意味を解《げ》しかねたが、時間がなかった。クナイを握りしめるとタイラントに突進をした。

第六章

暴君誕生

†

エレン・フォン・エスタークは地面に背中を預けていた。

夜空を見つめながら考察する。

明日はもう月明かりを見られないのではなかろうか、と。

肩口の傷は軽いものではなかったが、致命傷ではない。

学院に戻り、治癒師に見せれば一命は取り留めるだろうが、学院に戻ることはできないかもしれない。

暴君、タイラント、究極の生物兵器。

やつの強さは底抜けであった。

あらゆる生物の長所のみで構成されたチート生物を倒すことは今のエレンには出来ない。

最強不敗の神剣使いである兄でも難しいであろう。

兄は聖剣と魔剣を使いこなし、抵抗を試みているが、それももって数分といったところだろうか。

巨人を殺すための鉄の塊も巨人をベースに造られた生命体の前では無意味だった。

このままでは確実に全滅であるが、エレンはなんとか兄だけでも救出できないか、考え始めていた。

懐《ふところ》に入れた虎の子の魔法石を握りしめる。

転移の魔法が付与された魔法石、この魔法石は使用したものを任意の場所に転移させることが出来る。移動範囲は視界に収まる範囲。

これを使えば兄ひとりくらい戦場から離脱させることが出来るが、問題はどうやって使うか、だ。

兄の性格を考えれば、ひとり戦場を離脱するなど考えられない。逆に自分だけ残り王女とエレンの命を救おうとするだろう。

だからだまし討ちの形で兄を転移させるしかないと思ったが、なかなかその隙は訪れない。歯がゆく思っていると真横に気配を感じる。

先ほど打ち漏らした魔物か!? 傍《かたわ》らにある宝剣に手を伸ばそうとするが、それは叶《かな》わない。宝剣は先ほどの戦闘で飴《あめ》細工のようにぐにゃりと曲がっていた。それにその影に敵意はなかった。

「アリアローゼ様……」

「エレンさん、大丈夫ですか」

「武運つたなく、このざまです。しかし、兄上様は救って見せます。どうか、協力願えませんか」

「兄上を強制離脱させる気ですね」

「さすがはお姫様、お見通しですか」

「考えることがわたくしと一緒だからです」

アリアはくすくすと笑うが、エレンは表情を変えなかった。

「同じ気持ちならば協力してください。兄上様をどうか、私のもとへ」

「いえ、それはできません」

「どうしてです？　リヒト兄上様を愛していないのですか？」

「愛しております。しかし、あなたには遠く及ばない。十数年掛けて育まれたあなたの愛には及びません。〝今は〟ですが」

意味深につぶやくと、アリアは己の作戦を披露する。

「エレンさん、リヒト様の第二の力を解放するには、〝愛の力〟が必要です。それはあなたの力が必要だと解釈しています」

「第二の力……」

「そうです。第二の力によってエッケザックスとティルフィングとグラムを同時に使いこなすことが出来るようになるはず。さすればリヒト様は無敵です」

「……たしかに」

ふた振りの神剣だけでも最強不敗なのだ。そこに巨人殺しの力が加われば、タイラントですら打ち払えるだろう。

「しかし、どうやって」

「実は詳細は分かっていません」

あっさりと言うアリア。

「…………」

「あなたの愛をリヒト様に与えればなんとかなると思います。……ベーゼでもすればいいのかしら……」

「それでいいのならばいくらでも。でも、違うと思う。善悪の彼岸も魔術の一種なのだから〝トリガー〟が必要なはず。愛を端的な形で示さないと」

「うーん、この魔術書からしみ抜きをすればなんとかなるのでしょうが……」

首をひねりながら血の染《し》みを見つめるアリア。エレンはきょとんとしてしまう。

「そんなことでいいのですか」

「え、どういう意味ですか」

「この血はただの血痕です。血は各種ミネラルで出来ています。そのミネラルと水分を分離し、分解すれば血は消せます」

なんですと、という表情をするアリア。

「初歩中の初歩ですよ。水魔法の応用です」

「わたくしは初歩の初歩も使えないので気がつきませんでした。エレンさん、お願いできますか」

「はい」

瀕死《ひんし》の重傷を負っているが、初歩魔法くらいならば唱えられる。水魔法で血を分離し、火と風で蒸発させると、『白昼夢の砂漠』の書から血痕が除去される。

そこに書かれていたのはアリアとエレンが望んだものであった。

ふたりでその文章を見入ると、うなずき合う。

「やはり愛が必要だったんですね」

「トリガーも」

「ベーゼというのも当たらずとも遠からずでした」

魔術書に書かれていた〝愛〟のトリガー、それは、

愛するものの〝唾液〟を与えることだった。

人間の唾液には魔素が含まれる、そしてその唾液を効率的に与えるには、キスに勝るものはない。ベーゼをすればいいのだ。

高揚するエレンだが、今の自分の身体《からだ》では兄に接近することは出来なかった。

キスをするなど絵に描いた餅なのだ。

「合法的に兄上様とキスできるチャンスなのに」

口惜《くや》しい、と嘆くエレンであるが、アリアは嘆くことはなかった。

策があるのである。

そのことをエレンに説明する時間はない。

アリアは、

「ごめんなさい」

と言うと、エレンの唇に唇を合わせる。

「なっ⁉」

同性に唇を奪われると思っていなかったエレンは慌てふためくが、アリアは毅然《きぜん》と言い放った。

「リヒト様は負けません――！　エレンさん、わたくしを信じてその魔法石を使用してください」

「アリアローゼ……様」

アリアがなにをやりたいかは分からない。しかし、アリアを手伝わなければいけないことだけは分かった。彼女を信じ、彼女にすべてを託すことが最善であると分かっていたエレンは迷うことなく魔法石を取り出す。

懐から取り出した魔法石に魔力を送り込み、発動させる。

転移の魔法を込めた魔法石は光り輝き出すと、アリアを転移させる。

彼女が望んだ転移先は、リヒト・アイスヒルクの眼前だった。

タイラントとの交戦中に突如として現れた銀髪の姫に驚愕《きょうがく》する。

最初、化け物との戦闘で傷ついた俺が見た幻想かと思った。

失血のあまりに見た幻覚かと思ったが違った。

俺が護《まも》るべき存在であるアリアローゼ・フォン・ラトクルスはたしかに質量を持ってそこにいた。

「お姫様！　なにをしている」

「交戦中に申し訳ありません。リヒト様の力を解放するため、やってきました」

あうんの呼吸でこれを予期していたマリーが叫ぶ。

「一〇秒時間を稼ぎます！　その間に愛を確かめ合ってください」

「ありがとうございます」

アリアは忠実なメイドに感謝の念を送ると、アリアローゼは俺に近づき、彼の頬に手を伸ばした。そのまま彼の唇に己の唇を寄せる。

俺はその瞬間まで、いったいなにを、という表情を崩さなかった。

唇を重ねてさえ、俺は気がついていない。

主《あるじ》が唇を重ねる理由を。

キスと呼ばれる行為をする意味を。

当然か、俺は異性と接吻《せっぷん》するのが初めてだった。

困惑しか感じないが、アリアの唇の温度を感じると現実感を覚える。

（……これがキス。王女の唇）

温かいものが心を満たし、すべてが充足していくが、それ以上のものが身体の内から湧き上がる。

（こ、これは……）

湧き上がる不思議な力、善悪の彼岸を受けたときのことを思い出す。

（力が湧き出てくる。エッケザックスが共鳴している⁉）

ざわめき始める巨人殺しの神剣。

それを見たマリーは叫ぶ。

「すごい。これがアリアローゼ様の力？」

アリアは「否」と答える。

「わたくしだけの力ではありません。これは兄を愛する妹の力、――兄妹愛《きょうだい》の力」

「兄妹愛⁉」

「はい、以前、あなた方が戦ったエルラッハさんとエルザードさんは実力以上の力を秘めていました。姉弟愛《きょうだい》に溢《あふ》れていたのです。しかし、惜しいかな、その愛は、若干、一方通行だった」

「………………」

「しかし、あなた方兄妹は違う。互いに互いを愛し合っている。慈《いつく》しみあっている。それらを解放する手助けをします」

「なにを――」

リヒトの言葉を遮るかのようにアリアは毅然と言い放つ。

「兄を愛する妹の力。十数年のときを懸けて育まれた愛の力。互いに互いを必要とする愛の力。愛の結晶である分泌液をわたくしの口腔《こうこう》を介して与える！」

アリアローゼがそう宣言すると、アリアの口腔にあった唾液が再び俺に移る。

エレンの愛がリヒトの中に注ぎ込まれると、化学反応が起きる。

俺の身体が輝き始めたのだ。

その光は俺の背中にあったエッケザックスの光と交わり、まばゆさを増す。やがて光の濃度が同一になると、完成する。いや、発動する。

善悪の彼岸の第二章――。

善悪の彼岸の第一章は、聖と魔の融合、通常ひとつしか装備できない神剣をふた振り装備できる能力。

第二章の能力は、人間の能力を凌駕《りょうが》するもの。みっつの神剣を同時に〝操る〟能力であった。

俺は〝本能〟によって聖剣ティルフィングと魔剣グラムを投げ放つと、エッケザックスを構える。

二刀流は数々の剣士により考案され、実戦でも使用されてきたが、三刀流はあらゆる剣豪が失敗してきた歴史がある。人間の腕が二本である以上、みっつ目の剣を使うことは不可能なのだ。

あるものは剣を口にくわえ、あるものは魔術的手法で腕を増やす。あるいはお手玉のようにみっつの剣を使い分けようとしたものもいたが、皆、大道芸の域を出なかった。

実戦で使用に耐える三刀流を使いこなすものは現れなかったのだ。

しかし、俺は違う。

みっつの神剣を同時に使いこなす。

右手と左手で大剣を振り上げると同時に、左右に神剣を浮遊させる。

神剣を使い魔のように操ることに成功したのだ。

その姿を見て、ティルとグラムは、

『さすリヒ！』

『我が主は底が知れない』

と驚嘆する。

神剣らをドローンのように従えると、別個に動かす。それぞれが意志を持つかのように動く神剣。ときには隼《はやぶさ》のように、ときには蜂鳥のように、ときには梟《ふくろう》のような動きを見せる聖剣と魔剣。

神剣たちは高速で動き回りながらタイラントの肉を斬り裂く。

この世界には漏斗《ファンネル》と呼ばれる魔法があるが、それに似ているかもしれない。漏斗《ファンネル》よりも遥《はる》かに素早く、強力であるが。

俺は離れた位置にある神剣をたしかな意志で動かしながら、タイラントの四肢を斬り裂く。

右手と左手、右足と左手を切り落とす。

無論、その瞬間から再生していくが、それでもコアがあるのは身体の中心であると知っていた。今、そのコアを守る手足はない。そして俺の両手にあるのは強大な力を秘めた大剣だった。

俺は暴君を倒すために暴君を超える。

暴君を超えるもの《オーヴァー・タイラント》となる。

悠然と大剣を振り上げると、振り下ろし、神にも近しい一撃を放つ。

「巨人の心臓を穿つ一撃《ジャイアント・キリング》――改」

先ほど覚えたばかりの必殺技に改良を加える。

かつて剣を教えてくれた伊達男《だておとこ》の言葉を思い出す。
剣に完成形はない。
想像力がある限り発展していく。
俺の師は最強の剣士であったが、その弟子である自分もそうでありたいと思っていた。
だからどのように強力な一撃を放っても慢心することなく、改良を加えていくのだ。
その精神が俺を最強にする。
さらなる高見へ誘《いざな》う。
巨人殺しの一撃改を放った瞬間、天地は鳴動し、大気が破裂する。
圧倒的な質量を伴った一撃は暴君と呼ばれた生命体を包み込み、無に還元する。
今度は心臓さえ残さない。
純粋に破壊エネルギーを浴びせると、哀れな生物兵器をこの世界から消滅した。
消えゆく瞬間、タイラントは、
「なぜ、人間ごときに我が負ける？」
と唸《うな》った。

俺は一言で返す。

「人間だから勝てたんだよ――愛のない力は無力だ」

その瞬間、俺の勝利が確定する。

エレンの生存も確定する。

アリアの未来も開ける。

さらにいえば化粧好きのメイドさんもスキンケアについて悩むことが出来るだろう。

勝利はあらゆる可能性を広げ、選択肢を増やすのだ。

俺は強大な敵に打ち勝ったことを喜びながら、気を失った。

魔力と身体《からだ》を酷使しすぎたのだ。

その場でくずおれる俺を抱きしめるのは愛《いと》おしき人だった。

銀髪の少女は俺を抱きかかえると、

「お疲れ様です、リヒト様」

このような言葉をくれた。

聖女のような慈愛を湛《たた》えた彼女の言葉はなによりもの褒美《ほうび》であった。

†

王立学院の一角、十傑のために用意された館、特待生《エルダー》の中でも選ばれた英傑しか入ることが許されない特別な場所、そこに十傑の内、七人が揃《そろ》っていた。

十傑とは特待生《エルダー》と呼ばれる特別な生徒の中から上位一〇人を選別した特別な組織、王立学院でも特別な権限を持つエリートたちであった。

創設は古く、この学院を創立する前から存在したという伝承もある。

〝とある組織〟に対抗する人材を育成する機関という噂《うわさ》もあったが、真偽は不明である。

明確に判明しているのは、彼らは誇りを持って十傑になったということ。

皆、己の才覚を世に示すために十傑たらんとほっしているのだ。

そのような自尊心に満ちあふれた面子《メンツ》が集まる組織であるが、昨日、その面子を潰される事態が発生した。

「先日開催された剣爛《けんらん》武闘祭だが、十傑が優勝を果たせなかった」

一同の議長である〝とある〟影がそのようにつぶやく。

それを聞いた他の影は動揺する。

「なんだと？　我ら十傑以外が優勝したというのか」

「有り得ない。この学院が創設されて以来、武闘大会で十傑以外が優勝するのは稀《まれ》だぞ」

「ゆえに十傑が名指しで参加を禁止されている大会もあるくらいだからな」

「十傑は何人参加したんだ？」

「剣爛武闘祭デュオは二人組の大会だ。高等部の生徒は出られない。半数しか参加していない」

「なんだ。つまり〝十傑〟の下位の出来損ない五人しか参加していないのか」

「そうなるな」

その言葉に会議室の二人が歯ぎしりする。

氷炎の双子、エルラッハとエルザードだ。

彼らは十傑に加わったばかりの新参、その実力は十傑の中でも下位であった。

上位のものに小馬鹿にされても屈辱に耐えるしかないのだ。

「しかし、それでも十傑が優勝を逃したのはゆゆしき問題だ」

「選定会議にも影響が出るかもしれない」

その言葉によって会議場の空気は深刻さを増す。

「人類の守護者にならんと欲《ほっ》するが我らの望み」

「それがこのようなことで断たれるのは誠に遺憾」

十傑の上位者たちは唇を噛《か》みしめるが、とある影がこのような提案をする。

つまらなそうに頬杖《ほおづえ》を突いていた影がこんな提案をしたのだ。

「提案、十傑の面子が潰されたというのならば、いっそ、彼を十傑に入れてはいかが？」

何気ない口調であるが、彼を除く一同に戦慄が走る。

「ば、馬鹿な！　ありえない！」

「なぜ？」

「十傑は特待生《エルダー》の上位一〇名が選抜されると決まっている」

「誰が決めたの？」

「いにしえよりの習慣だ」

「いにしえということは十傑が出来る前はそんな規則なかったわけだ」

「そ、それは――」

「規則など時代に合わせて変えていけばいい。いや、変わっていかなければならない。あまり頭の堅いことばかり言っていると、〝人類の脅威〟がやってくる前に十傑という組織がなくなってしまうかもしれないよ」

その提案に対する反応は様々であった。好意的、否定的、懐疑的、一理ある、それぞれに反応するが、誰もその意見を無視出来ないという点では合致していた。

「賛否両論あるようだが、この提案、議決に掛ける」

一同の首座がそのように言い放つと、一同は次々に挙手をしていく。

リヒト・アイスヒルクを十傑に加えるか否《いな》か、会議場にいる十傑たちは次々に意思を表明していく。

——その結果は。

†

目覚めるとそこは診療所であった。

学院付属のもので治癒師が何人も常駐している。

白い衣服を着た美女の回復魔法は心地よかったが、目覚めると激痛が襲ってくる。どうやら骨が数本折れているようだ。

毒草のように臭い薬草もベタベタ張られており、最悪の目覚めであったが、生きているだけましであろうか。

そのように思ったが、妹のことを思い出す。

彼女はタイラントによって致命傷にも近い一撃を貰《もら》っていた。あるいは俺よりも重傷かもしれない。そう思った俺は立ち上がろうとするが、それは姫様によって押さえられた。

「ご安心ください。王家専属の治癒師と薬師が治療に当たっています。傷は回復します」

しかし、それでも気が気ではない。

「言い方が悪かったかもしれません。王家のメンツに懸け、エレンさんを治療します。後遺症はもちろん、傷跡も残しません」

そのように言われてしまえば立ち上がる気力もなくなる。

餅は餅屋、回復は治癒師、の格言に従う。

冷静さを取り戻した俺は姫様に礼を言う。

「ありがとう。妹を救ってくれて」

「それはこちらの言葉です。あなた方、兄妹《きょうだい》の忠節はなによりも貴重なものです」

「姫様を盛り立てれば世の中がよくなると思えば、自然と力も入る」

「ありがとう」

その後、姫様はその後の経過を話す。

剣爛武闘祭デュオで優勝の政治的効果は絶大で、姫様親派離反は防げたらしい。それどころか暴君を倒した噂は瞬く間《またたくま》に国中に広がったという。

「バルムンク侯爵を恐れていたものたちも今回の件で考え方を変えつつあるようです」

「よかった。俺と妹の戦いは無駄ではなかったのだな」

「はい。離れ掛けていた派閥のものたちも、リヒト様の勇姿を見て考え方を変えました。さらに日和見を決めていた人たちもわたしの陣営に接触するようになっています」

「万事めでたし、めでたし、か」

「その通りです」

にこりと微笑《ほほえ》むアリア。俺も嬉《うれ》しくなり、笑みを漏らす。

ふたりの間になんともいえない空気が流れ始めるが、なんだか気恥ずかしくなってしまう。

(──そういえば俺はこの人とキスをしたのだよな)

唇に触れあのときの感触を思い出していると赤面してしまうが、それは王女も同じだったらしく、顔を真っ赤にしている。いたたまれなくなった王女は気を紛らわすためにチェストの上に置かれていた林檎《りんご》を剝《む》く。

アリアローゼは器用な少女だったのですると剝いていくが、やはり心が乱れたのか、途中で指を切ってしまう。

俺は思わず彼女の手を取り、指をなめようとするが、その瞬間、メイドのマリーが入ってくる。

それに気がついた俺と姫様は距離を取るが、小賢《こざか》しいメイドマリーは「ははーん」とにやつくと、「出直しましょうか?」と言った。

俺と姫様は同時に、

「結構です」

「結構だ」

と言った。

はもってしまったので、その台詞《せりふ》はとても滑稽に聞こえた。

†

今回の戦いで殊勲者というものがあるとすれば、それは満場一致でエレン・フォン・エスタークであった。

彼女は単身、ロナーク男爵襲撃軍を駆逐し、姫様を護るという大功をあげた。

その後、究極生物兵器との戦いでも獅子奮迅《ししふんじん》の活躍をしたし、勝利の決め手となった『善悪の悲願　第二章』の〝覚醒〟も彼女なしには考えられなかった。

ひとつの功績で一階級昇進と考えれば、城持ち領主になってもおかしくない活躍なのだが、残念ながら俺は自分の城さえ持っていないのでなにも与えることは出来なかった。

それでもエレンをねぎらおうと毎日、病室に通う。

妹はそのつど喜び、飛び跳ねんばかりであるが、怪我人《けがにん》がそのようなことをすれば傷が開くので叱りつける。

その代わり伝家の短剣で林檎を切ってやる。

「うさぎさんにしてくださいまし」

とのことだったので要望に応える。

もしゃもしゃと兎《うさぎ》のように兎を食べる妹。

幼き頃、エスタークの城になっている林檎を剝き与えたことを思い出す。酸《す》っぱい林檎であったが、とても旨《うま》かった。

そのように過去に思いをはせていると、妹もそのことに触れる。

「あの林檎はとても酸っぱかったですが、この世で一番の美味でした」

兄妹、考えることは同じのようだ。

「また、食べたいか？」

妹はゆっくり首を横に振る。

「いいえ、城に戻れば兄上様と離ればなれにさせられてしまいます。ですのであの味は封印です」

「だな。冷静に考えればただの酸っぱい林檎だ」

「ですね。林檎パイにするにはいいのでしょうが」

「その林檎パイも王立学院のカフェのもののほうが旨いさ」

明日、治癒師に内緒でテイクアウトしてやる、と言うと妹は喜んだ。

妹は満面の笑みで、

「ありがとう」

と言ってくれた。

これでひとつ、妹の頑張りに報いたが、彼女の功績のご褒美《ほうび》にはまだ不足だ。もっと喜ぶことはないかと考え始めたが、無骨な俺にはなかなか思い浮かばなかった。

毎日のように妹の病室へ向かうが、それも終わりが見えてくる。

妹の退院の日が決まったのだ。

ならば彼女になにか出来ないか、と思っていると主《あるじ》であるアリアが助け船を出してくれた。

「わたくしは今、エレンさんが一番喜ぶことを知っております」

さすがは同じ女性、と褒《ほ》め称《たた》え、教えを請《こ》うが、彼女は直接的な答えは教えてくれなかった。

放課後、俺の腕を引くと、馬車に押し込められる。

俺が連れて行かれたのは王都の目抜き通りにある小洒落《こじゃれ》た商店だった。

「ミス・アランの店」と書かれた不気味な看板が見える。

筋骨隆々の変わりものアランの仕立屋である。

その見た目と性格はともかく、仕立ての腕は超絶品で、王都の貴婦人はこぞってこの店で服を仕立てる。

紹介状のないものは三年待ちといわれる人気店であるが、御贔屓《ごひいき》にしてお気に入りのアリアローゼを伴えば、その日のうちに服を仕立ててくれる。

いつものように尻を触られながら採寸を受ける。

「あら、肩周りが太くなっているわね」

「成長期だ」

「それだけでなく、激戦を勝ち抜いてきたんでしょう？」

「分かるのか？」

「分かるわよん。これでも人を見る目には自信があるのよ」

そう言うと、以後、軽口も叩《たた》かず黙々と仕事をする。

採寸を終えると弟子とともに作業場に籠もること小一時間、彼、いや、彼女は小洒落たタキシードを持って現れる。

「これ以上ないほど格好いいシルエットのタキシードを作ったわよ」

自画自賛しながらそれを俺に着せようとするが、断ると試着室に入る。

「もう、男なんだから気にしないでいいのに」

アランとアリアが居る以上、それはできない。

特に主であるアリアの前で無粋な真似《まね》はしたくなかった。

いそいそと着替えること五分、用意されたワイシャツもしっかりとのり付けされており、決まっていた。

試着室を出ると漏れ出る感嘆の声。

アランは「うほ」、アリアは「まあ」、マリーは「へえ」と驚く。

「馬子《まご》にも衣装と言うけど、リヒトにタキシードは最強ね」

とマリーは纏《まと》める。

「お褒めの言葉、恐縮だが、こんなものを着せてどうするつもりだ？」

「リヒト様写真集の撮影会をします」

真顔で言うアリア、ぎょっとしてしまうが、それは彼女の冗談らしい。アリアは普段、冗談を言わないので判別が難しい。

「冗談でございます。これからリヒト様にはとある場所に行って貰います」

アリアは俺の手を引き、アランの仕立屋を去る。

アランは大きく手を振り、「一発決めてくるのよ」と見送る。

馬車に揺られること一刻、先ほどと同じ道なのが奇異だった。

学院に戻るんですか？

アリアに問うが、なかなか答えを教えてくれない。

「まあ、すぐに分かるか」

そのように開き直ると、俺は学院に戻った。

いつもの学院であるが、馬車が横付けされたのは見慣れぬ建物であった。

「ここは？」

「ここは迎賓館でございます」

「そんなものもあったのか」

さすがは街規模の学院であるが、迎賓館でなにをさせられるのか、軽く緊張していると詳細を明かされる。

「はは、まだ気がつかないんだ。てゆうか、学院のイベント表くらい見ておきなさい。掲示板に張り出されているでしょう」

「興味ない」

「それが運の尽きだったわね。知ってれば事前に逃げることも可能だったのに」

マリーがそのように言い放つと、周囲から歓声が聞こえる。

「おめでとう！」

「この前の試合、すごかったぞ」

「君たちは最高のデュオだ」

記憶が刺激される。

「……ああ、そうか。剣爛《けんらん》武闘祭デュオで優勝したものは後夜祭で踊らなければいけないんだったな」

「そういうことです」

「あれからけっこう経《た》っているが」

「主役ふたりの回復を待ってくださっていたようです」

「実行委員会も気が利《き》くでしょ」

マリーは親指を立てる。

「しかし、俺は人前で踊りを披露するのが苦手なんだ」

「知っています。しかし、これはご褒美です。わたくしとリヒト様のために命を懸けてくださったエレンさんへの。この国の未来のため、頑張ってくださったエレンさんへのはなむけです」

「……たしかに。林檎《りんご》パイひとつで済ませることはできないな」

そのように思った俺は、目立つこと覚悟の上、踊りを披露することにした。妹と後夜祭のダンスを踊ることにした。

馬車を降りると、迎賓館の入り口に向かう。

「今宵《こよい》の主役はリヒト様にエレンさんですよ」

アリアローゼはそう言うと俺の背を押す。

すると迎賓館の大きな扉の前に立っていた黒髪の少女がにこりと微笑《ほほえ》む。

妹もまた美しく着飾っていた。

真っ白なドレスを身に纏い、黒髪を結い上げていた。

その姿は控えめに言って美の女神の化身と言ってもいいだろう。

一瞬、我が妹であることを忘れてしまったが、すぐに血縁関係であることを思い出すと、愛《いと》しい家族の手を取る。

彼女の手の甲に唇を這《は》わせると、このように言った。
「エレン、今日の君はひときわ美しい。僭越《せんえつ》ながら俺と踊ってくれるか」
妹は、
「はい」
と短く返答するが、その言葉には万感の思いが籠もっているようだった。
兄に対する尊敬、
愛しい人に対する思慕、
異性に抱く恋慕、
家族を思う気持ち、
それらを統合し、一文字に纏めると、
「愛」
になるのだろう。
俺と妹はそれぞれに違う形の「愛」を胸に、剣爛武闘祭の後夜祭の会場に立った。俺たち兄妹《きょうだい》が優雅に踊り始めると、会場は言い知れぬ高揚感に包まれる。
エスターク兄妹の踊りは見事なもので、長い学院の歴史の中でも一番であると語り継がれることになった。

あとがき

読者のみなさま、お久しぶりです。

小説家の羽田《はた》です。

このたびは「最強《さいきょう》不敗《ふはい》の神剣使《しんけんつか》い」の二巻を買って頂きありがとうございます。

二巻は待望のエレン回、一巻で出番が少なかった割にやたら印象に残っていた妹ちゃんですが、ちゃんと二巻で活躍させることが出来ました。

作者としても嬉《うれ》しく、全国のエレンファンも納得の二巻だったかと。

本作はいわゆるダブルヒロイン構造で、お姫さまのアリアと妹のエレンが正ヒロインの座を争うことになるかと思います。

どちらが正妻に収まるのか、あるいは両方とも――、などという展開になるのか、まだ作者も決めかねていますが、面白い展開にするので今後も応援してください。

今後と言えば、本作のコミカライズ版が秋ぐらいに始まる予定です。

キャラデザを拝見しましたが、小説版の魅力を引き出しつつ、漫画的な躍動感も兼ね備えた「最強不敗」な出来映えでした。

コミックウォーカーなどで連載いたしますので、是非、お読みください。

今回のあとがきは3ページなので羽田の著作の宣伝を。

富士見《ふじみ》ファンタジア文庫から出ている「神々《かみがみ》に育《そだ》てられしもの、最強《さいきょう》となる」小説版五巻、コミカライズ版二巻まで好評発売中。

「リアリスト魔王《まおう》による聖域《せいいき》なき異世界改革《いせかいかいかく》」（電撃の新文芸刊）小説版四巻、コミカライズ版三巻まで絶賛刊行中。

その他、「影《かげ》の宮廷魔術師《きゅうていまじゅつし》」（オーバーラップノベルス刊）、「魔王軍最強《まおうぐんさいきょう》の魔術師《まじゅつし》は人間《にんげん》だった」（モンスター文庫刊）、「古竜《こりゅう》なら素手《すで》で倒《たお》せますけど、これって常識《じょうしき》じゃないんですか？」（Mノベルス刊）なども大ヒット中です。

ヒット作に恵まれたのは編集者やイラストレーターさんの協力、出版社の後押しがあったからだと思っています。

そしてなによりも羽田の作品を支持してくださる読者の皆様のおかげであります。今後もどうか応援お願いいたします。

それでは「最強不敗の神剣使い」三巻のあとがきでまたお会いしましょう！

二〇二一年六月　羽田遼亮《りょうすけ》

お便りはこちらまで

〒一〇二－八一七七
ファンタジア文庫編集部気付
羽田遼亮（様）宛
えいひ（様）宛

富士見ファンタジア文庫

最強《さいきょう》不敗《ふはい》の神剣使《しんけんつか》い2
剣爛《けんらん》武《ぶ》闘祭編《とうさいへん》

令和3年7月20日　初版発行

著者――羽《は》田《た》遼《りょう》亮《すけ》

発行者――青柳昌行

発　行――株式会社KADOKAWA
〒102-8177
東京都千代田区富士見2-13-3
0570-002-301（ナビダイヤル）

印刷所――株式会社暁印刷

製本所――本間製本株式会社

ISBN978-4-04-073957-1 C0193

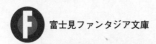

この少年
すべてが
天上優夜《てんじょうゆうや》
異世界で
レベルアップした結果、
最強の身体能力を
手に入れた少年
シリーズ好評発売中！

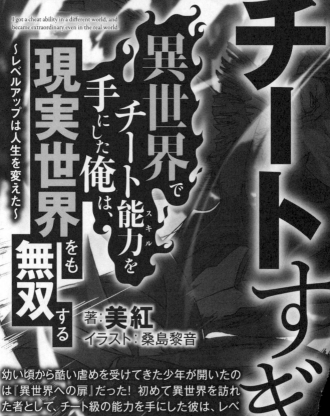

その男、
アード
元・最強の《魔王》さま。その強さ故に孤独となってしまった。只の村人に転生し、友だちを求めることになるのだが……？
ジニー
いじめられっ子のサキュバス。救世主のように助けてくれたアードのことを慕い、彼のハーレムを作ると宣言して!?
イリーナ
感あふれるエルフの少
ちょっと負けず嫌い)。
達一号のアードを、
つも子犬のように
追いかけている
神話に名を刻む史上最強の大魔王、ヴァルヴァトス。
王としての人生をやり尽くした彼は、平凡な人生に憧れ、
数千年後、村人・アードへと転生するのだが……
魔法の力が劣化した現代では、手加減しても、アードは規格外極まる存在で!?　噂は広まり、　嫁にしてほしいと言い寄ってくる女、次代の王へと担ぎ上げようとする王族、果ては命を狙う元配下が学園に押し掛けてくるのだが、
そんな連中を一蹴し、大魔王は己の道を邁進する……!

ファンタジア文庫
すべてを蹂躙《じゅうりん》する。
史上最強の大魔王、村人Aに転生する
The Greatest Maou Is Reborned To Get Friends
下等妙人
イラスト／水野早桜
シリーズ好評発売中

切り拓け！キミだけの王道
ファンタジア大賞
原稿募集中！
賞金
《大賞》300万円
《金賞》50万円
《銀賞》30万円
選考委員
細音啓「キミと僕の最後の戦場、あるいは世界が始まる聖戦」
橘公司「デート・ア・ライブ」
羊太郎「ロクでなし魔術講師と禁忌教典《アカシックレコード》」
ファンタジア文庫編集長
前期締切 8月末日
後期締切 2月末日
式サイトはこちら！ https://www.fantasiataisho.com/
イラスト／つなこ、猫鍋蒼、三嶋くろね